NEOCOGITO

阅读即行动

朱岳 著

# 想象海

La mer
Imaginaire

北京联合出版公司
Beijing United Publishing Co.,Ltd.

我觉得只有大海和我，其他的都不存在。

——契诃夫《札记》，童道明译

洛州有人士患应病，语即喉中应之。以问善医张文仲，经夜思之，乃得一法。即取《本草》，令读之，皆应；至其所畏者，即不言。仲乃录取药，合和为丸，服之，应时而愈。一云问医苏澄云。

——[唐]张鷟《朝野佥载》

# 目录

# 序

　　这个集子所收入的好几篇小说可能会被归为广义的"科幻小说"，但我更愿将之看作将某些超现实元素投射于太空背景的尝试。

　　在我看来，超现实主义偏重于"空间"，想想其先驱基里科那令人不安的广场，布勒东笔下巴黎的旅馆、雕像和街道，以及这一运动与绘画艺术千丝万缕的联系，便不难明白我的意思。而科幻小说，更喜欢在"时间"上做文章，它将注意力投向未来、时间旅行等，或许这也促成了其与电影的神秘姻缘。

　　而时间与空间不可分离，无论在物理上，还是在心理或文学上，这也正是我在一些小说中试图处理与表现的。

　　我尽力将此短篇集建构为一个整体。全书分

1

为五部分,每一部分都有自己的主题,但我未将之明确列出,以免读者误以为这些作品具有较强的概念性。

自 2004 年投入小说写作,直到此刻,回看过去近二十年时间,我只能说,对于一个写作者而言,它是如此简短,一如这篇序言。

第一部分

# 家庭述异

我的父母是两个人,而不是一个人,这是明摆着的。但你大概会觉得,我这么说挺奇怪。我遇到过不少奇人异事,因为我不停迁居,在世界上许多角落生活过,可这些人与事都远远不及我的父母怪异。其实,也正是由于父母的怪异,我才会选择常年在外漂泊。

诡异的事往往不会一上来就让人察觉,但是一旦你意识到了,便会越想越感到异样。我是在七八岁的年纪,才察觉父母的特别之处。不过,近来我又时常疑惑,可能他们并没那么奇怪,一切只是源于我的心理作用?现在,我将他们的事情记述如下,或有助于获得一个答案。

我父母的身高差不多,母亲在女性里算是高个,父亲在男性里算中等的身形。他们的着装风格近似，都喜欢深色衣服，母亲从不穿裙子，只穿长裤。所以，他俩经常互换衣装。小时候，我以为所有夫妻都会这样，到后来才知道这是反常的事。但这也并没什么。

第一次给我留下较强印象的事情是这样的：有一天，大概是个周末，他们都在家，我在自己房间看一本画册，这时门厅处传来父亲的声音，不是说话声，而是脚步声、清嗓子的声音、肢体动作发出的细微响动，凭这些，我完全可以确定，是父亲要出门了。随后，传来房门被打开又关上的声响。过了几分钟，我去餐厅喝水，看到父亲坐在饭桌边，着实吃了一惊。

"你刚才不是出去了吗？"我脱口问道。

"没有啊，你妈刚出去。"他面无表情地回答。

"我听见是你出去了。"我盯着他看。

"你听错了。"他平静地说。

晚上，我将这件事记在一个本子上，那应该是我第一次记日记。从这天起，我开始了对他们的暗中观察。此后，我又记下过很多小事，下面只说其中几件比较典型的。

有一次，我们三个坐在客厅聊天。母亲说："昨天下午，我在街上遇到了 A……"刚说到这儿，有人敲门。父亲起身去开门，原来是一位邻居，他家来了很多客人，想向我们借几把折叠椅。我父母赶紧帮着找折叠椅，折腾了一通。等送走邻居，重新坐定后，父亲就说："刚才说到哪儿了？哦，对了，我昨天在街上遇到了 A，他比过去瘦多了……"说到此处，他看了我母亲一眼，母亲正直直地瞪着他，他立即住了嘴。

还有一次，父亲出差了，母亲带我去了一个离家很远的公园玩。从公园出来已经挺晚了，但母亲执意要领我去看电影。我被带到一条陌生的街道，印象里，那地方荒僻、破败，街道两边都是些发霉的老旧建筑。我们走入一座大院，院内的小路铺满落叶，像是很多年没人打扫了。院子尽头，有一座阴森森的礼堂，礼堂外墙上贴着几幅残破褪色的电影海报。看来是一家电影院。母亲说，她早就买好票了，是部科幻电影，可以开发一下我的想象力。

我们走进影院大厅，里面很宽敞也很冷，只有五六个座位上坐着观众。我们在第一排中间的位置坐下。

电影的名字叫《蚯蚓》，的确是一部科幻片，但给我留下了恐怖的记忆。电影讲的是一群人去一片神秘的海域做科学考察，他们乘船在海上游荡，有一天从海中打捞上来一种外形酷似蚯蚓的生物，只不过它个头很大，至少有一米长。船长的女儿也在船上，她还是个孩子，对这个奇怪的生物兴趣浓厚，经常独自去实验舱观察它。她告诉其他人，这个东西会说话，自然，他们只当这是小女孩的幻想或玩笑。后来，"蚯蚓"发生了变化，变得和小女孩一模一样，小女孩把它从牢笼中放了出来。接下来，它把船上的其他人都杀死了，只留下小女孩一个，然后跳入了波涛汹涌的大海。但留在船上的是小女孩，还是"蚯蚓"，已经无从判断。我还记得那天看完电影回到家，我一整夜未能入眠。

多年以后的一个下午，父亲和我去拜访一位数学老师，父亲想请他帮我补习。我们又来到那条荒僻的街道,不过我没有马上意识到自己是故地重游。从数学老师家出来,我们想找个地方吃晚饭。我随父亲走进一座大院,当我借着路灯昏黄的光亮,再次看到那座礼堂时,深埋心底的恐怖记忆猛然苏醒。这么久了,竟看不出这地方有什么变化。

"还记得吗,你小时候我带你到这儿看过电影。"父亲忽然说。

"对,是部科幻电影。"我尽量不动声色。

"不对,是恐怖片,可把你吓坏了。"父亲说完,干笑了几声。

"你还记得讲的是什么吗?"我问。

父亲可能听出了我试探的口气,没有答话。

我很少见父母读书,但有一年,不知是谁拿回一套《战争与和平》,共分为四部。我看到父亲在读第一部,一段时间后,又看到母亲在读第二部,等到母亲不再读第二部时,父亲开始读第三部,最后母亲读完了第四部。

我把这些都写在了日记里。也许你会说,这些全是出自错乱的记忆、轻微的幻觉、过剩的想象、种种巧合以及敏感的神经。但是，还有一件事，怎么说也没法解释清楚——他俩常会相向而立，看着对方，就像看着镜子里的自己，一站就是一两个小时。在我小时候，他们这样做时并不回避我。我也天真地以为，这是夫妻感情好的表现。有一回，我父母正面对面站着，我的一个同学来找我出去玩，被他瞧见了。等我和他下楼以后，他一脸迷惑地问我："你爸妈刚才在做什么？"我说："玩照镜子啊，你爸妈不玩吗？"他用力地摇了摇头。

后来我发觉，每次这样相对而立以后，父母的面目都会变得十分相似。有时候，要是他们不开口讲话，我甚至难以区分他俩。但只要一段时间不玩这个"照镜子"游戏，他们便会逐渐变得不那么相似。

偶尔，我会拿出我们三人的合影细看，每一次都不得不面对这样的现实：我与他们全然没有共同点。

记忆中，他们从不会主动说起在我记事之前发生的事情。据他们讲，我的祖父母和外祖父母很早以前便去世了，他们没有兄弟姐妹，与亲戚断绝了来往，所以家史无从查考。我曾经若无其事地问母亲，她是怎么认识我父亲的？她只说，他们在很小的时候就认识了，都想不起具体是如何认识的了。

等我长大成人，能够自食其力后，便避开了父母。我找了各种理由，去很远的地方工作、生活，出于内心深处的疑惧，我不断从一座城市迁往另一座城市，就像是在躲避追踪。可事实上，父母很少问起我住在何处，在做些什么。

每过两三年，我都会心生不安，会反省自己是不是有妄想症才会这样躲避父母。于是我便回家探望他们。怪异的事又发生了，每次回家，我都只能见到父母中的一位。

"我爸呢？"如果我见到的是母亲，就会这么问。

"旅游去了。"她会如此回答。

"怎么一个人去旅游？"

"他想自己散散心。"

如果我见到的是父亲，那么"想自己散散心"的便是母亲。

我不会在家中长住，不会坚持等到那个旅行者归来，当我告辞时，总会隐约感到，父亲或者母亲松了一口气。

# 婚配

　　二十二岁那年,出于无知、躁动,还有猎奇心理,我加入了移民海紫星的队伍。移民者共两千人,男女各半,都是年轻的单身人士。了解到这一情况时,我们已经在飞向那颗陌生行星的途中。大家意识到,这次移民行动,暗含着让人类在那个星球繁衍生息的企图。

　　海紫星的环境极为适合人类生存,踏上这里的土地,我并未感受到那种来自"异星"的强烈冲击,倒更像是来到了自己星球上一片荒僻的大陆。

　　移民者被分为五组,住进了耸立于荒野边缘的五栋楼中。这些土黄色大楼一字排列,每两栋楼间隔一百米,均为十一层。一层都设有一个大型自助餐厅、一个中等规模的室内泳池、一家略显幽暗的咖啡厅和一间敞亮的健身房;从二层到十一层,每层四十个小单元房，分布在一条狭长走廊的两侧，一侧住的全是男士，房间号为单数；另一侧全是女士，房间号为双数。

我们各分到一个独立的单元房，每人的对面都住着一位异性。我被分在1号楼的7层，房间号是717。从我房间的窗口，可以看到楼下宽阔的野草地，海紫星的草是亚麻色的，初看以为是枯草，实则有着旺盛的生命力。再远处是一片广袤的黑森林，即便相距遥远，也能隐隐感到一股压迫感从那边袭来。

大楼另一侧望不见荒野的景色，从女士们的窗口，会看到另外五栋楼，据说那里将在未来交付实现婚配的人们，楼内每一单元房皆为两居室，供夫妻二人居住，非常宽敞。我们住的这五栋楼，被称作"单身公寓"，而那边的五栋楼名为"婚房"。婚房后面，是一大片别墅区，有一千栋砖红色屋顶的别墅，虽谈不上豪华，但足够舒适。那是为生养儿女的夫妻准备的房子。据说在别墅区，人们将享受到更为优质的服务。

在海紫星上，除我们这两千名移民外，看不到其他人类，接待我们的都是机器人，由它们向移民者介绍情况，宣布行为准则，免费供应所需物资，提供各方面帮助，可谓殷勤周到。

住在我对门的女孩，珍，刚满二十岁，充满青春朝气，活泼外向。因为住得近，我和她接触相对多一些，也自然地生出了亲近感。但我们都意识到，如此安排很可能是经过移民组织者暗中算计的，他们肯定想更快实现配对，于是在比对过诸项数据后，让那些最有可能结合的人成为近邻。或许由于我偏内向，他们就为我安排了一位外向的女邻居。有些人乐意接受这样的暗中引导，但另一些人却会心生抵触。珍明显属于后一类，她始终与我保持着安全距离。

这时，在移民者中出现一种传言：我们都是实验品。就是说，我们加入的不是一次单纯的移民工程，而是一场实验。实验的目标无从知晓，但肯定与结婚、生育有关。一定有人在暗中监视我们的一举一动，并实时做出评估。

此一传言令我在面对珍时也感到不自在,谁都不想充当用于配种的实验动物。我们之间产生了隔膜,很少再说话,在楼道遇见时,气氛会变得尴尬。没过多久,有人悄悄告诉我,珍和3号楼的一个小伙子谈起了恋爱。听到这个消息,我有些惊讶,同时也松了一口气。但到了晚上,我躺在床上想到这件事,心里不由得郁闷,好像我没能守住本应属于自己的女孩。

有一天,我在电梯口遇到珍,她提着一只小手提箱。

"我要结婚了。"她对我说。

"祝你们幸福美满!"我装出高兴的样子。

"谢谢,我们很快会搬到后面的婚房。"她说。

那以后,珍的单身宿舍一直空着,看来这个项目或说实验,短期内不会再有新人加入。

不用工作,终日无所事事,只能去一楼晃悠。我不会游泳,也无毅力坚持健身,就泡在餐厅和咖啡厅。我注意到一个很美的女人,娴静、优雅,喜欢独自坐在咖啡厅的角落读书。从我习惯坐的位子,总能看到她。我没有勇气过去打招呼，只敢偷瞟几眼。我暗想，她没准正是为了让我看到，才坐在那儿的，我俩之间有着某种默契。

我在积蓄自信，捕捉更多鼓励自己采取行动的信号，但这时一个男人坐在了我对面。他叫休，是个神秘兮兮的家伙。

"你是不是也看上安了？"他压低声音说。

"谁？"

"别装傻了，就是坐在那边角落的安，我几次路过都发现你在瞟她。"

"怎么会？你不说，我都不知道她叫什么。"

"她很有名。不仅在1号楼，在整个社区都很有名。"休拿出一只烟盒，在桌上摆弄着。

"为什么？"

"据说有八十个小伙子在追求她。"

"八十个？！"

"小点声。这只是保守估计。要知道整个星球一共才一千个小伙子。"他狡黠地笑笑。

"可我看她总是一个人。"

"这正是她的高明之处。"

"你是从哪儿知道的?"

"两天前,在野草地深处爆发了一场斗殴。安的两个追求者各自纠集同伙,摆开阵势,大打出手。不断有人加入战斗,受重伤的就有三十多个。这地方的人应该全都心知肚明,难道你一无所知?"

我完全听傻了,张口结舌。

"伙计,你太闭塞了。"他说完,抽出一支烟叼在嘴上,起身离开了。

我再将目光投向安,她依旧静静地坐在那儿,读着摊在桌面的书,神情专注。但我对她的看法在转瞬间发生了改变,我意识到她是个深不可测的角色。

经过一番观察,我确信休没有骗我,几栋楼都出现了绑着绷带的小伙子,还有一个家伙瞎了一只眼。那以后,我不再去1号楼的咖啡厅了,再后来,我听说安嫁给了所有小伙子中最能干架的一个。

我喜欢上了沿着野草地边缘散步,从1号楼这边一直走到5号楼,再原路走回来,歇歇脚再走过去……海紫星上总在刮风，一个时期风很大，随后一个时期风会转弱，人们据此分出两个季节：强风季和弱风季。在长久漫步中，我对风越发熟悉了。

一天下午，我走着走着，发现草地里有件家具，过去一看，是一把旧椅子。再往深处走，便发现草丛中还有不少旧椅子。看它们的样式，不像是从单身公寓丢出来的。我选了一把还算结实的椅子，将它拖回了1号楼的草地边。这一举动或许决定了我未来的命运。

坐在这把椅子上，看着亚麻色的野草地发呆，成了我最大的爱好。有时我会在风中坐上一整天。时间一久，风吹歪了我的脸，再也正不回去。

单身公寓的住户在流失，不知不觉间，单身人士已所剩不多，这从夜晚灯光点亮的窗口数目便可看出。有些人并不热衷于结婚，但他们对后面的婚房和别墅满心好奇，就像玩游戏总想进入下一关那样，他们凭借自身的品貌、运气、不管不顾的勇气，迈出了完成婚配这一步。

单身者中自然不乏佼佼者，他们不愿结婚，对这整个游戏毫无兴致。他们就喜欢独自安享衣食无忧的日子。可我不属于这一类人,我常感到孤单。有几次,我在睡梦中意识到自己很可能终生都得不到女人,甚至惊醒过来。对于"婚配",我尚未死心。

我交到了一个女性朋友,苏。她住在3号楼,是位画家。我去她家看过她的画作,很抽象,略显神经质,却也颇具力度。后来,我去得愈发频繁,逗留时间也越来越久。我尽量不去想太多,那会导致精神紧张,一旦"婚配"这个词在我脑中闪现,我便会感到尴尬,手心冒汗。

一次,我在苏那里从午后待到傍晚,她送我下楼,我们一起沿野草地边缘向1号楼的方向漫步。当我们驻足看向天边的晚霞,我笨拙地把手放在了苏的肩头,她触电般猛地闪开了,随即头也不回地跑了。我想道歉,但已无法张开嘴。自此,她远远地看到我便会匆忙躲避。我寻思,她这是对我产生了"生理厌恶"。

在移民者中流传着一则经验之谈:爱只有三次

机会。我想,游戏对于我已然结束了。那以后,我便以隐修者的标准要求自己。在这一时期,单身者群体中接连发生了两件可怕的事:4号楼有个女人自杀了,一天深夜她从楼顶一跃而下……几个机器人赶来将尸体抬走,并清理了现场;休,那位曾经给我忠告的伙计,穿过野草地跑进了森林,经过几番搜寻,仍然未能发现其踪迹。人们都说,他们是因无法承受孤独,才做了这么极端的事。

我也走近过那片森林。有一回强风来袭,我的椅子被刮入草丛深处,我去找椅子,却不自主地越走越远,直至森林边缘。我惊诧于草地与森林的泾渭分明,此处似乎有一条人工维护的分界线——这边是亚麻色的野草,多踏出一步便将进入阴暗的森林。我在这条线前驻足良久,只觉林中飘荡着一股湿漉漉的鬼气。我折回去,途中找见了自己的椅子,把它拖到原处,又抱来一块大石,离开时便将石头压在椅子上。我想到,这些椅子可能是另一场实验的遗留物,也许曾有另一批人在此生活过,如今已不知去向,他们是离开了,还是自行消亡了,对于后来者终将是不解之谜。

强风季过后是弱风季，而后又迎来强风季，如此更替，时光飞逝。有些搬进婚房的人又返回了单身公寓，但大多数人都迁入了别墅区，他们称那里为"家园"。社区中有了孩子们的欢笑声、哭闹声，一些胆大的孩子会跑到单身公寓这边探险，看到歪脸的我，便如遇见了怪物，吓得撒腿就跑。我揣测，等他们长大后，也会先住进单身公寓，重走我们的老路，那一天很快就会到来，除非这场实验突然终止。

不知从何时起，在强风季来临的前夕，别墅区的大人们会带着孩子，提上精美的灯笼，来到单身公寓楼下齐声歌唱，向我们这些单身人士送出祝福。他们身穿特意缝制的洁白长袍，手中的灯笼发出青色光芒，那景象很美。但当他们离去，我们之中总有人会往楼下扔几个空酒瓶子。

现在我老了，但还不是很老。我依然喜欢坐在野草地边的旧椅子上，吹吹风，发上大半天呆。婚配之事已与我无关。

不久前的一天，当一阵强风刚刚停息，一个人影从森林那边走来。我眯起眼睛，注视着他。当他走近，我认出这是休，他没有变老，而且衣着光鲜，容光焕发。

　　"嘿，老伙计，还认得我吗？"

　　"当然认得，你是休。听说你跑到森林里去了。"

　　"没错，我是进了森林，你们是不是都以为我变成了野人？"

　　"我以为你死了。"

　　"那你可太悲观了，跟你说，森林里也有一片社区，有机器人服务，吃喝不愁。那里安静极了，除我以外没有其他人类。我猜想，很久以前在那边也进行过一场实验，只是不知所终。还有一件事得告诉你，穿过森林就能看到大海，一片狂暴的、紫光闪闪的海。"

　　"你回来做什么？"

　　"取点东西。"他又露出那狡黠的笑容。

　　"欢迎回来。"

"我只待一会儿就走，你有空可以来森林里找我，好不容易来到海紫星，不四处转转太可惜了。"

"要是我有足够的力气，就会去找你。"

"恭候大驾。"他说完潇洒地挥挥手，从我身边走了过去。

我在野草地边坐到很晚，并未看见休返回，此后也没在社区见过他，没听人提起过他。我不打算去森林中找休，不是不信他的话，而是怀疑，遇到他的情景全是我的幻觉。

这场实验还会持续多久，不得而知，不过我已经能确定自身在其中所扮演的角色：一个老光棍。虽然这有违我的意愿，但承担这个角色，兴许正是我存在于此的意义。未来可能会有更多人坐在亚麻色野草地边发呆，过去也曾有过，那些椅子并不是被随意丢弃在那里的。

# 众身

假如星期一碰巧是我的一号身体去上班——开车前往四十公里以外的一座大公园修剪草坪，那么星期二将是二号身体去上班，星期三是三号身体去……草每天在长，所以我周末不能休息，下个星期一，不出意外的话，就会是八号身体去上班，其他身体休息。总之，几个身体采取轮班制，多年的经验告诉我，这样最合理。目前，我一共有九个身体。

我有两座房子，一座在山脚下，孤零零的，用以招待客人，虽然极少有人来访，但我需要这样一个虚假的家作为掩护；另一座在山里，很隐蔽，更宽敞，这是我真正的家，当一个身体去工作，其他身体便留在这里。

在一个圆形房间中有一张巨大的圆桌，平时身体们会围坐一圈，各自的两条手臂平放在桌面上，就像在搞降灵会。四面皆有窗扇，每一身体都能望见山中景色。我能将多个身体之所见分开审视，也可任由这些画面令人略感晕眩地重叠在一起。

十张窄床摆放在这圆形房间的窗下，当夜晚来临，身体们便上床睡觉。房间的一端，一道小门通向厨房。另一端通向卫生间，它更像公共卫生间，列有多个蹲位。

一群身体可以同时用餐，同时睡觉，也可以同时读书，但只能同步读同一本书，不然会读不下去，勉强翻看也不会留下印象。

身体虽多，但我尽量节制饮食，哪个身体去上班，才被允许多吃一点。

我的生活大体如此。

此刻外面正下着雨，透过每一扇窗，所见是相似的景象，雨丝划落，山峦相叠隐于薄雾之后。留在家中的身体百无聊赖地坐在桌边。

"一号和二号可以选一座遥远的城市，去抢劫那里的银行。"五号开口了。

"有了钱，就会有更多食物，当园丁挣得太少。"

六号说。

"没人会怀疑到我,因为我有许多身体,方便制造不在场证明。"七号说。

"如果被抓住怎么办?"四号说。

"保持沉默,绝食,直到饿死。"五号说。

"也可能发生枪战,被打成筛子。"一号说。

"想这些都没用。"八号说。

"真奇怪,从没人发现过这些身体的不同。"二号说。

"谁也不会注意一个埋头修剪草坪的园丁。"一号说。

"九号,你怎么不说话?"四号说。

"有什么可说的,反正都是自说自话。"九号说。

这一切的确是自说自话,通过这些身体,我只是在和自己说话,说话是必要的,否则相应的身体机能会弱化乃至退化,久而久之将失去说话能力,变成哑巴。让每一条舌头动起来,保持灵活,这就像在练跳绳。

当然,说说话也能冲淡孤独的气氛,尤其在这样的雨天。我经历过一些软弱的时刻,有几次,孤独令我窒息,那多半是我刚从睡梦中醒来,在凌晨时分。我告诉自己,软弱是暂时的,我仍然有力量独自面对一切,随后便真的缓过劲儿来,呼吸重又变得顺畅。我会让一个身体去工作,其他身体多躺一会儿,但绝不会躺上一天。

孤独确实是个问题。除了我的父母,我从没遇到过其他天生拥有十个身体的人。也有可能遇到过,可对方掩饰得很好,让我无法察觉那是一个同类。但父亲曾告诉我,如果遇到有多个身体的人,你们第一时间就能认出彼此。我宁愿他的话是错的。

父亲还说过,在远古时代,每个人都有很多身体,最多的时候,平均每人有两百多个身体,但后来不知何故,所有人的身体都越来越少,发展到后期,多数人就只有一个身体了。

"一个身体就好吗?"父亲有时会这么问。

"不一定更好,但更简单。"母亲总是如此回应。

拥有十个身体的人,只能与另一个拥有十个身体的人繁育后代，自然每一后代也都拥有十个身体。我的父母很幸运，他们发现了彼此。父母就我一个孩子，他们说实在无力抚养更多拥有十个身体的孩子了。当他们离开人世，我便成了一个"孤品"。

他们的身体是逐个死去的。据父亲讲，在我还小的时候，他独自去登山，遇到山崩，失去了两个身体，此后很久，他都是一个只拥有八个身体的人。而母亲直到迈入老年，都还有十个身体。但在短短几年间，他们的身体快速地减少了。

记得在一个阴沉的下午，我曾与父亲讨论身体与死亡的问题。那时他已仅剩下最后一个身体。

他告诉我，每一个身体在死亡时都很痛苦，这让他开始羡慕生来只有一个身体的人。我问他，是不是最后一个身体的死亡才意味着"我"的真正死亡？他想了想，说以前也有人这么讲过，但从他的经验看，并非如此，每一个身体的死亡都是货真价实的，没有哪个身体有特殊地位，所以也没有哪一次死亡更特殊。

"当最后一盏灯熄灭，黑暗降临，但是每一盏灯、每一次熄灭都是同等的。"他说这话时已很虚弱。

雨还在下，但我必须活动一下身体，八个身体陆续站起来，排着队出了门，走入雨中，缓慢地踏上泥泞的山间小径。

我要去墓园看看，那是一片浓荫遮蔽的墓地，父亲的八个身体与母亲的十个身体全葬在那里。他们要求为每一个身体立起墓碑。碑石上没有姓名，也无生卒年，只有一个数字，是按身体生前的编号刻上去的。

这片墓园很大，父母健在时常到这边散步，顺道看望他们已经下葬的身体。他们会聊到那些身体的细微特征，还有令他们难以忘怀的小事。

"记得吗，一号的腿上有个疤，那是七岁时从树上掉下来磕的。"父亲常提起这件事。

"这个三号是我最漂亮的身体，我和你父亲都很喜欢它。"母亲一直对她的三号身体恋恋不舍。

现在只有我一个人了，冷雨透过密布的树叶落下，打在八个身体的头上。身体缓步而行，绕过父母的墓碑，走入更为幽深的密林，那里有一座新坟，没有墓碑，埋葬着我自己的一个身体。

那是大约一年前的事。有一天，几个身体坐在桌边，说着我让它们讲的话，忽然有个身体说了一句："还是只有一个身体好，就不会这么孤独了。"这令我惊诧不已，因为那不是我想说的。它随后便沉默不语了。"我这是在胡说什么？"我让它说了这么一句，它服从了我的意志。

又有一次，毫无预兆，它发表了一番可怕的言论："我怀疑爸妈从一开始就知道这个世界上已经没有其他同类了。他们心知肚明，却还是生下了我。他们恐惧孤独，就把绝对的孤独转嫁到我身上，太残忍了。"当这独白结束，我深感惊恐，让它狠狠扇了自己两个耳光。

我意识到这个身体发生了难以理解的变异，那以后我对它格外小心，不再让它开口说话，其他身体做口舌运动时，它就在那里默默坐着。但在长久缄默之后，它又一次开口了，它说："我要离开这儿，你控制不了我。"这是它第一次以"你"称呼我。

我不再让这个身体去工作，也不再让它离开其他身体的视线。在夜里，我必会留下一个身体盯着它。

我揣摩自己可能患上了所谓的"人格分裂"。很久以前，父亲向我谈起过他的思考："一个人何以是'一个'而不是'多个'？不在于他有几个身体，而在于他不可能同时持有两种截然相反的意见。即便是同一个身体，又有什么保证它两次说出的'我'是指同一个人，除了相对的连贯性和一致性？反过来想，一个人要避免自相矛盾，也是为了维护自我的同一性。这也就是那些悖论何以令人苦恼的根本原因。"

"我不该在这里。我到底是谁，你又是谁？"它不住地问着，像在用力撞击一堵墙。

我发现其他身体在不住地微微点头，似乎是在震颤，但也可能是在思索它的发言。这是我无法容忍的。趁它的行为总体上仍在控制之下，我必须采取行动。

很快,它被关进了地下室一角的小房间里。房中漆黑一团,没有灯,除一张锈迹斑斑的铁床和一只马桶外,再无其他陈设。房门是一扇厚实的铁板,上面开了个长方形的孔,可以将食物、水送入室内。我小时候就知道有这么个房间,本能地对它感到恐惧、厌恶,却一直不解其用处何在,这一次我猛然领悟了。

它被关了几个月,每当我的其他身体去送饭,它都会大喊:"放我出去,你这个怪物! 我要告发你!"自然,它越这么喊叫,我就越不能放它出来。值得庆幸的是,它还没有进化出在我面前伪装自己的本事。它对我说的始终是心里话。

渐渐地,我无法再控制它的行为,也无法再感觉到它所感知的事物。入冬后,它开始绝食,没过多久便死了。

一个寒冷的深夜,我打开那个房间的门,将尸体抬出来,运送到这座墓园后的林中空地,挖了个深坑,把它埋了。

它想去过生来只有一个身体的人所过的生活,

这不可能实现。它死去时,我并未感到剧烈的痛苦,只是被无以言表的忧郁缠绕住,直到此刻,仍无法从中挣脱。

我返回房子,今天去工作的三号身体到家了,已换好干燥的衣裤坐在圆桌旁。其他身体忙碌起来,换衣服、烧水、准备晚餐。

天完全黑了,雨仍未停。

# 星寂

可以确信,现在沙褐星上已不再有智慧生命,对于这颗行星曾经出现过的文明的记载也几乎无从获取。

唯一关于沙褐星人的记录,来自泽沃号飞船的最后一次星际考察。先是埃黑星的科学家在沙褐星的地层深处探测到一部复杂机械,不久后,科考队挖掘出一具机器人残骸,将其运回飞船。经分析,埃黑星科学家认定,此机器人是森灰星第三十一次大灾变前夕的造物。它是如何来到沙褐星的,无从查考。但是很可能是一次时空穿梭中的事故把它抛到了那里,因为在那一时期,森灰星人曾做过大量以失败告终的时空穿梭实验。

从机器人残骸中取得的残存信息,即沙褐星文明的最后记录。这在很大程度上是出于猜测,将此信息与沙褐星联系起来的,仅仅是机器人残骸的发现地点。但在找到反驳这一观点的证据之前,让我们姑且接受它。

在离开沙褐星后,泽沃号又去过其他几个星球,之后向埃黑星返航。此时船员开始出现奇怪的病症:他们身体的各个部分都产生了独立的意识。

埃黑星人为防此疫病传入,不得已击毁了飞船。船员无一生还,那具森灰星的机器人残骸也一并化为乌有。不过在此之前,飞船上的数据信息已悉数传回母星。

于是这份记录,以及对得到此信息之过程的记述和相关分析,被存入了埃黑星的科考数据库。在很长一段时间里,它未再引起任何人的注意。

在第六十二次蟒纹星系战争中,埃黑星的数据库被毁。所幸,一位森灰星派往埃黑星的研究人员鲁善,曾查阅该数据库中所有与森灰星相关的信息,并将之铭记于心(森灰星人有着极强的记忆力,据鲁善说,这些信息共计一千八百九十二条)。在战争爆发前夕,鲁善踏上返乡的旅途,逃过一劫,但有另一场劫难在等待他。

据鲁善讲，他在飞往森灰星的飞船上，遭到一名石绿星间谍的意识侵入。这次侵入，导致他部分记忆丧失，陷入间歇性精神错乱。

回到森灰星后，鲁善接受了长时间、高强度的治疗，却未能痊愈。他脑中的信息被认为是不可靠的，它们之中可能掺进了石绿星人有意植入的虚假记忆。他成了一个废人，被送往沙蓝星疗养。

沙蓝星本是一颗温暖、干燥，适合疗养的小行星，但在约二十年前（按沙蓝星时间），气候突变，差不多每天都会迎来一场全球范围的降雪。

大部分人逃离了沙蓝星。疗养院最终只剩下两个人，鲁善和我。我们没钱搭乘飞船返回各自的母星，也没有很强的求生欲。疗养院中遗留的给养，对于两个老人来说已足够了。

每天傍晚我们会从各自的病室出来，穿过狭长、幽暗的走廊，来到位于疗养院中心的餐厅相聚。我们用海蓝星语，也就是我的母语交流，语言差异对于森灰星人从不构成障碍，但我们的话题有限，谈及最多的便是"沙褐星人"。很有可能这也是鲁善头脑中仅存的一点有价值的信息。而我的大脑久已近乎空白，只能充当听众。

在那些大雪纷飞的傍晚，鲁善一次次向我讲述沙褐星人的事迹，以及这些信息的获得经过，偶尔插入自己的分析。每一次在细节上都有些微不同，起初他的叙事有向繁复发展的倾向，能察觉到他在刻意添枝加叶，譬如那具机器人的残骸，有几次他说那上面布满文字般的划痕。但是后来，随着身体渐趋衰弱，他的讲述变得简洁，不必要的描述皆被略去。

直到有一天，鲁善未在餐厅出现，我心知不好，便去他的病室探视。那时他已经死了。在天完全黑下来之前，我在疗养院外的雪地上挖了个浅坑，草草将其埋葬。

这以后，大多数傍晚我依旧在餐厅度过，而今我只能透过窗子，看着纷纷扬扬的大雪，独自出一会儿神。为打发这无聊的时光，我决定将鲁善所讲沙褐星人的事迹记录下来。

沙褐星人的外表与海蓝星人相似，但这或许只是假象。

他们全都围绕高大的石山居住，这些山光秃秃的，寸草不生。他们在山体上开凿出众多洞穴，以及通往洞口的石阶小径。每个洞里都住有一头奇异的生物，森灰星的机器人将之命名为"转生母"。转生母体形庞大，几乎会将洞穴塞满。但它们究竟是什么样子，机器人未曾描述，转生母从来不会走出洞穴。

沙褐星人供养转生母，回报则是，当他们老了、受了重伤或得了重病，就走入洞穴，转生母遂将其吞入体内。一段时间后，转生母会产下一个婴儿，婴儿自行爬出洞口，由沙褐星人抚育。

从某种意义上说，此婴儿即被转生母吞下的那个沙褐星人，其记忆没有半分减损，只是身体获得了新生。如此，沙褐星人便不会因衰老、疾病、受伤而死亡。意外死亡极少发生，一旦发生便会引起整个族群的恐慌，因为这样的损失是无法弥补的，沙褐星人本身没有性别之分，不会生育，他们只能通过转生母一次次重生。而转生母通过吞入沙褐星人，自身也可获得更新、再生。两者便以这种方式维系着共同的永生。

据鲁善揣摩，机器人受到了表象的迷惑，转生母与所谓沙褐星人有可能是同一物种的两种形态。

由于一次次重生之后记忆不减，每个沙褐星人都累积了极为丰富的阅历。他们征服了沙褐星的自然，杜绝了意外身亡的各种可能性。但是后来发生了一件令人惊异的事：一位衰老的沙褐星人拒绝重生，他躲入森林深处，偷偷死掉了。

沙褐星的首脑严厉谴责了此人的行径，将之归为异类。但此异类有了越来越多的追随者。这无疑动摇了沙褐星人社会的根基。于是，重生被规定为一项强制性的责任。拒绝重生者将被拘禁，并在必要时被送交转生母，接受重生。

再后来出现了一个更为恐怖的异类，机器人称之为"万汗"，鲁善强调，这个词在森灰星语中有"魔鬼"的意思，同时还有另一层含义，即"扰人清梦者"。

万汗发动了叛乱,他率领叛众对转生母展开了疯狂杀戮。这次大叛乱最终被镇压下去,万汗自焚身死。但自此往后,沙褐星人中的异类针对转生母的袭击事件再未断绝,这导致转生母不再接受(吞下)任何沙褐星人。沙褐星文明迎来了末日。

机器人记下了最后一位沙褐星人吟唱的歌谣,经转译,其韵律、美感已无从领略,只知大意如下:

活着好啊,活着真好,活着太好了。

死也好啊,死不好吗? 死也一样好。

第二部分

# 永驻物

现在,公元 12345 年,人们已无视永驻物的存在,这不是说它们离开了我等的视野,它们在这里,一直在,否则就不会被称为"永驻物"。而是说,人们在永驻物的包围中近于沉溺,像被麻醉了一样,已失去"惊奇"的能力。

必须提醒诸位,永驻物永远是一个谜,而且是诸多谜题中最重大的。当人们不再对某一不解之谜感到疑惑,也就被它彻底吞噬了。为此我必须奋力反抗,在众人昏沉之际,重提此问题。但我又能说些什么?对永驻物的议论持续了近万年,这三百年来方才停息,如此漫长的议论所留下的却无外乎重重迷雾,而我将写下的,或许也不过是临睡前的呓语。

永驻物出现于公元 2345 年，这是公认的说法。此说的主要依据是，每一永驻物上都印有数字"2345"，其中极微小的物件也不例外，除此再无其他标记或说明。考古研究提供的佐证则是，至今所发掘的有关永驻物的文献、图片、影像等，确无早于 2345 年者。永驻物不可计数，充斥我们的生活世界，现今的大部分建筑、公路、交通工具、机械设备、家用器具、衣装服饰、针头线脑、细微零件等，皆为永驻物，即是说，它们都已经存在了一万年。那么 2345 年究竟发生了什么，竟会一下涌现如此之多的永驻物？

对此，我们找不到明确的记述。生活在那一时期的人类，其文明等级很可能高于我们，但他们并未对永驻物的产生——这一既改变了历史，也改变了"历史感"的重大事件——留下只言片语。或许他们虽然眼睁睁看着，却搞不明白永驻物从何而来，又或他们极为惊异，以至于无法记下什么。还有可能，见证者的记录和说明在后来某一时期被刻意销毁了。

我们所能追索到的最早议论约在 31 世纪末成文，现仅见若干残篇，其真实性饱受质疑。而这些议论也只是假说，并非记述。

　　为后世广泛接受的说法是所谓"文明顶点论"：2345 年人类在科技爆炸的强光下，陷入一种迷狂状态，他们抚今追昔，深感已然抵达不可超越的极限，就在此刻必须为千秋万代创下基业与尺度，于是一次性地生产了未来人类所需的全部固体用具。这些物体的坚固性超越了我们所掌握的物理法则，大自然无法将其磨蚀，人为的暴力也不能损其分毫。它们在世界之中触手可及，却又仿佛屹立于此世之外，如此历经万年，而全无时光的印迹。

　　与此说相近，却似乎更为合理的是所谓"点金石猜想"：在那一时期，人类发明了一种奇异的方法，可以令当时已经存在的各式固体器物变得坚不可摧。这就解释了何以在此一年间涌现了足以供一百亿人口使用的永驻物。同时也可推测，当时之所以没有人记载这一重大事件，是由于他们也不曾想见这种加固作用竟如此持久。

广为流传却从未被认真对待的假说是,永驻物是外星人的礼物,即"外星造物说":在 2345 年,外星人降临地球,一次性地满足了人类对各式建筑、器物等的需求。他们这么做,可能是为保护地球的生态环境,也可能是为抑制人类科技发展,因为欲望一旦得到满足,便失去了探索的动力。

更为诡异的说法是,2345 年以前的地球人与此后的地球人,实际已不是同一物种,原来的地球居民被外星来客取而代之,就是说,我们不是原先的地球人,而是利用了地球文明的外星人,为摆脱负罪感,相关的记忆和证据全被抹去了。

反向的说法是,原先的地球居民已迁往外星,我们与永驻物都是他们遗留在地球的造物。这就像主人离去前,给他的宠物留下了栖居之所和各式用具。

较为离奇的猜想源自 55 世纪的一位科幻小说家虿丘那罗(也有人认为此类想象早在远古时代便已产生),他认为我们生活在一个虚拟世界,"2345"是这个虚拟世界诞生的年份,永驻物是给定的背景,按照设定,它们是不变的,而我们以及其他一些事物是可变的。虬丘那罗的"虚拟世界设定论"有众多追随者,也有诸多变体。有人否定"2345"代表年份的判断,声称这个数字是一个编号,即我们所属虚拟世界的编号,或其设计师的编号,只是不知从何时起,人们开始将"2345"认定为一个年份,先入为主地以此为支点建构时间轴线,由之出发罗织证据,毁去反证,敷衍伪说,实则是在构造一种成系统的迷信。

古怪的猜想多如牛毛,再举一例——"外星生物伪装论",此说产生于 70 世纪晚期,传说是由生物学家摩呼塔塔提出。他认为永驻物是有生命的,其固定不变的样态是假象,一直以来它们都在以我们无法理解的方式进行新陈代谢,它们并非不可损坏,而是总能及时自我修复。我们身边大大小小的永驻物,房子、床、杯子、碗……全部是某种外星生物假扮的。它们的目的是以这种互利的方式与人类共存。

摩呼塔塔的一个同行,比他晚出生约一百年的柄谷卧龙,给出了更具思辨色彩的版本:一个外星生物也许是由多个甚至全部永驻物构成的,就像我们说"城市是有生命的",这一外星生物的生命形态或许正与城市相似,我们不能孤立地看待每一永驻物,而应将之视为构成某一巨型生命组织的零件、单元,或说"细胞"。

随着时间推移,永驻物的起源愈发难以测度。永驻物本身岿然不动,人们对它们的态度却变幻不定。

可以想见,在永驻物产生之初,人们是将之作为科技成果接受下来的。当永驻物的数量达到饱和甚至过剩时,他们感到了潜在的危险,于是将生产永驻物的技术封锁了。接下来很长一个时期,坐享其成的人类在发展科技方面失去积极性,研发水平逐渐退化,这也是后世再无能力生产新永驻物的原因。

但是到了 33 世纪末、34 世纪初,人们普遍对永驻物萌生敌意,将其视为邪祟之物。他们逃离永驻物构成的世界,建起规模可观的"可损毁城市"。为争取空间,他们不遗余力地将各式永驻物丢入深海或荒漠,只暂且保留其中一些生产、运输工具,按照计划,它们终将被抛弃,人类会逐步摆脱一切永驻物。在后世记载中,这场持续约五个世纪的抛弃永驻物运动,被称为"第一次觉醒"。可以想见,遭弃用的永驻物被垒成一个又一个庞大的"永驻垃圾堆",高耸入云、遮天蔽日。当时还有一项惊人的计划曾一再摆上桌面——将永驻物全部抛入外太空——但没有记录显示它被执行过。

　　一场史诗级的世界大战断送了"第一次觉醒"。战争中的双方不约而同奔向被弃置的永驻物,寻觅武器、车辆、飞行器、生产工具……那些建筑物也被运回,作为理想的掩体。时至今日,当初建起的可损毁城市已化为尘埃,那场战争的起因与胜负亦无从查考,但可知的是,战后人们重新接纳了永驻物,弃于荒漠者先被拖回,之后是旷日持久的打捞工作,躺在海底几百年的永驻物重见天日,拭去污垢后被再次投入使用。

那以后,抛弃永驻物的运动又发生过几次,有记载的最末一次被称为"第十七次觉醒",但都远不及"第一次觉醒"那样声势浩大、轰轰烈烈。不知是出于理性反思,还是动物本能,人们学会了接受或部分接受现实。有几次"觉醒"似乎仅是口头的,其他几次也采取了折中、暧昧的方式——人们保留某些永驻物,抛弃另一些,并为自己的选择找出堂而皇之的理由。

84世纪至90世纪,在全球范围内发生了一系列大灾变,洪水、地震、飓风摧毁了几乎所有可损毁城市。幸存者对永驻物充满感激、敬畏之情,这一时期,人们写下大量歌颂永驻物的篇章,在91世纪初还出现了"永不抛弃永驻物誓言书",上至权威人士,下至平民百姓,人们竞相写下誓言。在此后岁月中,这一誓言从未被大范围地公然背弃过。这也表明,从那时起,永驻物彻底征服了人类。当然,总有那种自愿居于草庐,接受无常,拒不进入永驻物陷阱的修行者或说流浪汉,但是他们处身边缘,其理念属于另类美学范畴,已与公众无缘。不过,这一群体的坚持亦非偶然,对于永驻物的仇视或许始终潜存于我们内心深处,这样的画面让人感到隐隐不安:当地球毁灭,永驻物——巨量的杯盘、刀叉、桌椅、车船、亭台楼阁,等等——会完好无损地悬浮于太空中。

在接受与排斥之外,还有一种态度,即试图与永驻物竞争的执着。一如前述,后世人类已无能力再造哪怕一个永驻物。但一直有人不死心,其中佼佼者甚至造出了极为接近永驻物的物品,他们在这些物品表面也打上了"2345"这一印记。假如不进行严格检测,这些赝品在极长一段时间内足以乱真。此类造假行为意义何在令人迷惑,只能揣测这是一种报复或自嘲。97 世纪那一百年间,人们制造了大量此等赝品,至今仍不难找见。102 世纪后,此类造假行为被明令禁止。

接下来再看一些特殊的永驻物,它们使人困惑,但困惑中必暗含某种启示。一件四五个世纪以前制造的可损毁物,会被当作宝贝,而永驻物却很少受到重视，尽管它们已存在了那么久，但物以稀为贵，普通的、常见的永驻物无人珍视。

让学者、收藏家感兴趣的是那些稀有、异样的永驻物，大体可分为四类：

第一类是高度复杂、难以理解的机械装置，比如 9023 年在东 0415 区出土，长三千余米的超大转轮组，无人知道它是做什么用的，更搞不清楚它是怎么造出来的。

第二类被叫作"悖理永驻物"，是指那些需耗损自身才能实现功能的物品，而作为永驻物，它们注定无从发挥功用。其数量稀少，很可能是创造过程中一时疏漏的产物。最为典型的是永驻铅笔，已发现的不超过一百支。

第三类是永驻物中的"残次品"，非常罕见，被讨论最多的是一把永驻米尺，它比标准米尺短了 0.7 毫米。对相关问题感兴趣的读者，可以读一读阿苦伯教授的权威著作《对标准的永久反抗》。

第四类是构造简单却蕴含丰富信息的物件，可称之为"永驻文物"，对于索解永驻物之谜的答案有所助益,我将着重介绍之。

今天我们仍可得见实物的永驻文物中,最为著名的是十四柄巨剑,它们全部陈列于南 1977 区第 12 博物馆中,也是该馆仅有的藏品。虽则这些巨剑被发现的地点相距甚远,但其样态却完全相同,剑身长五百五十七米,柄长八十四米,剑宽四十六米,银白色,无装饰、无铭文。基本能够断定,它们是世上仅有的巨剑。

其实,"剑"只是外形,我们不清楚它们究竟是什么,有人认为是巨型机器人的武器,也有人认为是某一重大事件的纪念物。我倾向于认为,十四柄巨剑是十四个人的墓碑,曾插于大地之上,贯穿天宇。

与巨剑相呼应的永驻文物,是十四尊人像。塑造人像的行为本无难解之处,奇怪的是,人们在永驻物中只发现过这十四尊人像。早在 3113 年,这些人像便引起过重视,被收集、存放于一座博物馆内。第一次觉醒时期,它们被抛入深海。5432 年,波赫永年船长将之重新搜集齐全,并写了一部研究专著《十四尊人像：历史与历史的历史》（今已失传）。但从 71 世纪以后，这些人像似乎被遗忘了，再也看不到相关消息。

如今人像早已不知去向，仅存的图像资料是一幅它们的合影，见于 6022 年出版的图册《吓你一跳的古今奇闻》第 126 页。很可惜，照片本就模糊，几经翻印，愈加漫漶，人像面貌已看不真切。图中，人像近旁站着一位参观者，以其为参照，可知人像的高度与真人相仿。

6023 年，学者范百孤提出一个惊人的猜想：这十四尊人像正是永驻物发明者的塑像，2、3、4、5，相加等于 14，有可能"2345"并不代表永驻物产生的年份，而是暗示了发明者的人数。这一极具颠覆性的假说被普遍视为奇谈怪论。

最关键也是最令人费解的永驻文物是书。2345 年以前问世的可损毁的图书已荡然无存，而永驻之书，有案可稽者仅有七部，传说曾有古人将之集齐，但今已散佚。这七部书不会灭失，也许在某次觉醒时期被弃于大漠，至今仍埋在沙下；或者被哪个贪婪的收藏家锁在一只永驻保险箱内，密码唯收藏家一人知晓，但他已然故世；还有可能它们就在某个管理混乱的大型图书馆内，被随意插在普通图书之间……

关于这些书，我搜集到的材料仅为残片，如同一套拼图中幸存的几块，尽管如此，将之罗列出来，或仍有望予人以线索——

《世代年表》，不仅原书现已杳无踪迹，其内容亦不可考。从书名看，它应是一部简明扼要的历史大事记，有助于我们了解2345年以前发生了什么。对于本书的评论，现仅存一则，即生活于34世纪的史学家斯坦利·罗森在其《荒谬》一书中的那句："让人大跌眼镜的是，《世代年表》这部永驻之书竟会如此荒诞不经。"不过此评语可能与当时人们对于永驻物的敌意有关，未必客观。

《小笨笨必读》是一本童书，35世纪该书副本仍见于世，其时出版的《千部古代童书概览》(现仅存目录)中，列出了此书。书名后面有标注，"原本为永驻物"。

《怕死日记》，书名是它的发现者朱工仁所起。朱工仁生活于 45 世纪，是一名体力劳动者，他在拆除一堵古城墙时，意外发现了这本被封存在墙体内的永驻之书。我们今天仍能读到该书的完整副本。这确是一部日记，从 2270 年 10 月 11 日开始记起，至 2345 年 4 月 1 日结束，其间一天也没落下。遗憾的是，它并未谈及当时的外部世界与生活状况，而仅仅记下了作者对死亡的态度，行文极简单，每日只写"怕死"或"不怕死"。有研究者指出，作者不怕死的日子远多于怕死的日子，然而令人惋惜的是，最末一天写下的却是"怕死"。

《变身饕餮记》是一部史诗，据无名氏所著《沉默吧，遗忘》记载，此诗的各种版本均源自一台冰箱外壳上凸起的文字，这台冰箱是永驻物，于是此诗便被归为永驻之书，这种现象是绝无仅有的。诗中讲述了一个善于变化的人，他每一次变身都是为了吃食，譬如变身鹰隼是为吃鸟，变身鲨鱼是为吞食鱼类，变身蚯蚓是为以泥土为食，变身蜘蛛是为捕食飞虫，等等。松针法师认为，此诗当作于饥馑时期,人们恨不能变为各种动物去吃各种东西,为警醒后世节约食粮,乃铸诗文于冰箱之上。

《解体的交感》是一部医书,仅其副本的残篇存世。书中讲述了一种古怪病症,一些人的感官功能发生了位移,视觉功能转移至右手的食指和中指,听觉功能移至肚脐,触觉功能局限于头皮,嗅觉功能移至眼球,味觉功能下移至胃。

《体音谱录》是一本曲谱集,具体内容久已失传。在《一个年轻阴谋家的回忆》中,葛雷果·史蒂文森爵士简述了此曲谱集被发现的经过及其创作缘由。5375年,爵士被流放到无知洲岛(即今天的快乐岛)。一个大雾弥漫的清晨,由于失眠,他来到沙滩枯坐,海潮把一本书冲到他的脚边,正是这部《体音谱录》。他将书带回阴冷、狭小的石窟,在灯下细看,发现书脊上方有"2345"的印记,意识到这是一部永驻之书。由书中序言可知,作者(未署名)体内常有杂音,求医无果,颇苦恼,后渐觉杂音奇妙,乃静心聆听,并以乐谱的形式将之记录下来,日久集成此书。

《战记》是这些书中最具深意的一部,现只知其梗概。原书是4052年在月球一处废弃的观察站中被发现的。人们猜测,是很久以前某个去往月球的工作人员将此书遗留在了那里。6027年,范百孤在《没有字母就没有我》中提及此书,并在脚注中写下了它的简介。曾有后人质疑这段文字的真实性,但我们在另一本书,斯姆里提所著《地狱深处的图书馆》(6402年版)中也发现了对《战记》的略述。可见在那个时代尚可读到《战记》的原本或相对完整的副本。

书中主人公是一位国王,一个清晨,他忽然宣布要进行一次讨伐,随即派出手下一位将军。但是将军并不知道要去讨伐谁,他率领大军围着边境绕行一圈,未发现任何异样,便回王宫复命,结果被国王以消极怠战的罪名处死。国王再次发兵,第二位将军同样一头雾水,他不敢轻易折返,只得到处寻找敌军,终于在一片浓雾中与敌人遭遇,展开激战,待大雾散去,他才发现原来其大军是在自相残杀,惊惧之中,将军自刎而死。国王又连续派出多位将军,第三位在漫长的行军途中染病身故,第四位发疯而死,第五位意外被自己豢养的宠物狮子咬死,第六位半路随一位僧侣出家,第七位被一颗陨石砸中,第八位在一次狂饮后醉死,第九位绝食而亡,第十位被一支不知从何处飞来的冷箭刺穿喉咙,第十一位死于叛军乱刀之下,第十二位无疾而终,第十三位渡河时被水中怪物拖走,总之皆无战果。毫无预兆,某日正午,国王说王城已被敌军包围,须严防死守,任何人不得进出,否则格杀勿论。虽然守城将士连敌人的影子也没看到,但只能服从王命。坚守数月后,城中粮绝,不久便呈现一派地狱景象。一天深夜,王宫起火,熊熊火光中,第十四位将军命令打开城门,一马当先冲了出去,待城中幸存者追随而至,他拨转马头,高声宣布:敌人已被消灭。众人起初不明所以,少顷便爆发出响彻云霄的欢呼。

范百孤评论说,国王的敌人实为时间,这十四位将军代表十四位前仆后继的科学家,这部书讲的是人类战胜时间的寓言,永驻物即这次胜利的果实。

这一解读牵强与否姑且不论，人类是否已凭借永驻物战胜了时间，实无定论。几千年来有种说法阴魂不散，纠缠着乐观的人们，即永驻物并不能永存，到了一定时刻它们会全部土崩瓦解，甚至于瞬间化为乌有。在此"到期日"来临之前，人们最好有所准备，否则将迎来末日。

关于永驻物，我所能说的就是这些。现在我要去睡了，在我这座曾经沉眠于深海的房子里，摆着一张永驻的床，不知曾有多少人在上面躺倒，或平静或绝望地闭上双眼，他们又曾做过多少纷繁的梦。还有床边那面永驻的镜子，其中映现过多少世代的人物面容，一会儿又将闪过我的身影。

# 石球

## W博士的报告

多年来，W博士带领他的团队在铁蓝星的基地从事科考工作。其主要研究对象是距铁蓝星约三十八万千米的石黑星。铁蓝星是石黑星唯一的天然卫星，围绕石黑星转动，体积约为后者的五十分之一。

在进行过一系列观测后，W认定石黑星是一颗极反常的行星。但是，他的报告过于离奇，以至于在科学界招来众多非议。我们不妨看看他的发现，以及相关推论。

在石黑星上没有生命，没有水，有的仅是一大堆黑色石球。这些石球，即便以严格的几何学标准评判,也是近乎完美的球体。它们质地坚硬,大小完全相等,直径为七厘米,密密麻麻地覆盖在广袤的大地上。每个石球上面都有一行同样的刻痕,像是某种文字。很明显,这不会是人为刻上去的,因为石球的数量太过庞大,无人能完成如此量级的工作。但是,W却猜想这是几百万年前其他星球的智慧生命留下的铭文。后来他言之凿凿地补充说,这必定是一则警告。

W在石黑星上设立了观察站,起初只派去两名科考队员,Z与N。他们花了相当长一段时间环游石黑星,随机捡取了六百六十六个石球,确证它们是一模一样的,由此推测这个星球上所有的石球也都是一样的。在这一过程中,发生了意想不到的事。

当Z和N回到观察站,通过视频通话向W做详细汇报时,W发现他们的面容变了,变得极为相似,对其做细致描述是没有意义的,简单说,那是两张黝黑的圆脸。

W似乎意识到了什么,他派出副手S前往石

黑星观察站调查情况。与 S 同行的还有四只实验室动物：一头有白色斑点的黑牛，一头纯黑的牛，一只白色山羊，一只白色绵羊。

抵达后，四只动物被套上特制的宇航服，与科考队员一同暴露在石黑星的外部空间中，这支队伍花了很多时间在铺满黑色石球的地面上漫步。

不可思议的事情发生了，有白色斑点的黑牛变成了一头纯黑的牛，山羊与绵羊的毛色也变成了黑色。

又过了一段时间，四只动物获得了人类的面孔。据 S 报告，动物的面孔并未发生扭曲变形，人的面孔是渐渐在动物面孔的基础上浮现的，那是四张黝黑的圆脸。而此时，S 的形貌也已酷似 Z 和 N。

接下来出了一起事故，往返于基地与观察站之间的飞船因故障滞留在铁蓝星，修理工作费时颇久。派出的科考队员被困在石黑星上，补给中断了。

出于饥饿、恐慌，Z 和 N 要求宰杀四只实验动物作为食物。S竭力反对,这不仅出于科研方面的考虑,还因为这些动物已然拥有人类面孔,宰杀它们会令人深感不安。S报告说,Z与N对他表现出很强的敌意,他们声称,从外星人的视角看,人类和其他众多哺乳动物本就有着极为相似的面孔,而这并未影响人类以这些动物为食,所以这种相似性与"是否可食用",客观上看是毫无关联的。

"没过多久,S就接受了Z与N的意见,不是迫于压力,我知道S是一个意志坚定的人,他们的思想发生了同化是唯一的解释,S的观点变得与其同伴完全一致了。"W在报告中如是说。Z、N还有S,一同杀死了那些动物,吃掉了它们。

飞船修好后,三位科考队员被接回铁蓝星基地,并带回了六百六十六个石球。W察觉到,他们的心智水平皆有大幅度降低,同时表现出对其他人的攻击性。他对三人做了分开隔离的处置。此时W仍然相信,离开石黑星后,这三位同事将逐渐恢复正常。

W提出一个假设:在石黑星上存在某种特异

的场,他称之为"同化场",处于同化场内的宏观物体都会趋同。不仅是同类,在不同物种之间、动物与植物之间,甚至生命体与无机物之间,都会发生同化,只是完成同化所需时长存在差异。

"对于某一个体而言,最为根本的是其与其他个体的差异,还是共同之处?"在报告的末尾,W 提出了这一哲学问题。

## W 博士所不知道的

直到提出"同化场假设"之时,W 博士还是正常的,但不久后他便中断了与海蓝星总部的联络。位于铁蓝星的基地是无法从外部加以监控的,W 也许正是想利用这一点搞什么把戏。但他有所不知,就在同一基地内部还隐藏着另一个团队,它由 M 博士率领,规模相对 W 的团队小得多。

我们巧妙地利用了基地建筑的结构特点,在隐蔽空间内构建了工作区和暗道,供 M 博士的团队使用,他们拥有自己的秘密出入口和补给线,其唯一任务是监察 W 的工作,手段古老而有效,即利用几处窥视孔进行监视。

据 M 报告,W 的面庞也变得圆而黝黑,但他本人似乎浑然不觉。实际上,W 与团队其他成员已经很难分辨。

那以后,M 博士也中断了与总部的联络。

我们关闭了铁蓝星基地的所有人员出入口,但继续向里面提供给养。让他们活下去或许是有价值的。只是,这个基地如今对于我们已经成了一只黑箱。

"存在,即不可逆转。"作为 W 曾经的同僚,我时常想起他的这句口头禅,现在一切确已不可逆转。

# 连通器

对眼前的世界,我是一步步了解的。初时,我惊异于自己怎么会来到此地,隐约有个印象,我和一群人被送入一节"地铁车厢",那实际是某种传送装置,被它"传送"的感觉,说得玄点儿,就像投胎。我们被送到了不同地方,或者说,不同星球、不同世界。此后我再没见过其他人。

当我恢复知觉,最先面对的就是连通器。"连通器"是我后来给这个装置起的名字,直到现在,我仍无法理解其运作原理,只能大体描述它的样子,以及它是如何工作的。

连通器处于一间大厅的中心,一端是一把椅子与一张书桌,桌上有一台打开的笔记本电脑,它是靠光能维持运转的,在其正上方开有一扇天窗,强光直贯而下。光源是一只高悬于空中的大火球,也即这里的"太阳"。

严格说，这台电脑是连通器的起点，机身左侧探出一根长长的缆线，连接着一只马桶水箱，马桶底座的前方又有一根缆线继续向前延伸，接入一台冰箱，冰箱连着一个淋浴架，淋浴架连着一只储物柜，储物柜连着炉灶，灶台上有一口煮锅和一口炒锅，炉灶连接了一个洗手台，然后，末端连着一架奇特的机器，像座炮台，炮台上坐着一具垂首的骷髅。初见骷髅，我被吓了一跳，后经细察，我看出它只是一个骷髅形机器人，其"尾骨"上也有一根缆线与炮台相连。炮台前是一个长方形窗洞，炮筒穿过窗洞指向外界。

从窗洞望出，只见地表仿佛一张被揉皱的白纸，一些地方隆起，一些地方凹陷，高高低低、纵横交错，似无规律可言，在一片扭曲的白色背景上，横七竖八地堆着各式家具、电器。

顺楼梯而下，我来到户外，回望这座建筑，它像一座塔，又像一支插入地面的巨型签字笔，笔尖即塔尖。塔身约有五层楼高，略歪斜，外墙乌黑发亮。

从伸出的炮筒判断，连通器所在的大厅位于顶层。

我在凹凸不平的地面蹒跚而行，看了看那些家具、电器，它们外观完好，每一件都连出一根缆线，所有缆线皆通向地下。空中那火球灼人，不久我便口渴难耐，只得匆忙往回赶。归途中，我注意到地上有一些怪异的脚印。

我踏上楼梯，回到连通器那儿，打开冰箱门，里面空无一物，拧开洗手台的水龙头，没有水，又拧开淋浴架上的开关，同样没水。储物柜也是空的。

跑遍整幢建筑，其他房间空空荡荡。我渴得要命，内心深处却有个声音告诫我："要冷静，要冷静。"终于，我坐到了电脑前，我想到这也许是一个呼救渠道。我点了下空格键，屏幕亮了，一片空白的中心赫然有一个黑色的句子——"汝所需之一切，须凭书写获得。"之后，一个空白文档自动开启。我试了试，这台电脑再无其他可打开的界面，只能在文档上输入文字。

"有人在吗？"我打了一句。没有回应。"谁来帮帮我？我需要水。"仍无回应。"我这是在哪儿？"

写完这句,我停下了,看来写这些没用。但是,没过一会儿,那则仿佛神谕的文字又显现了:"汝所需之一切,须凭书写获得。"

"为什么把我送到这儿来?这是什么地方?是不是没有水?外面的家具、电器是怎么回事?这里是地球设在外太空的垃圾场吗?为什么我需要的一切要靠书写获得,怎样获得?就像现在这么一直问下去,会有人把我需要的东西送来?"写着写着,耳畔忽然响起水声,原来是洗手台的龙头方才没拧好,此时流出水来。我忙跑过去,用手捧住,喝了两口,水又停了。

我意识到,这水与打字之间是有联系的,这大概就是"汝所需之一切,须凭书写获得"的含义。于是,我想再打些字以验证这个猜想,但是越想写出点什么,头脑越是一片空白。

喝一点水不能解渴,反而激起焦灼感,很快我就感到嗓子干疼,这令我回想起小时候割扁桃腺的经历,便动手将之写下来。写了几行,龙头真的又出水了。这次我没急着去喝,而是将龙头拧上,回去继续写。写到一千来字才停下，再拧开龙头，水流已然充沛，足够喝个痛快。

再次坐到电脑前，记忆的闸门打开了，我开始写出自己的种种经历。很快，我听到马桶水箱在蓄水，这自然将解决很大的麻烦。接着，冰箱发出了嗡嗡的噪声。我打开冰箱，一股冷气袭来，里面出现一盒午餐肉罐头。此刻我还不太饿，便关上冰箱门，又打开储物柜的门，发现一柄小铁勺和一只水杯。

我重又观察、触摸那些器物和将之串联起来的缆线，意识到它们的材质并非金属、木材或塑料等，而是以同一种材料制造的，介乎无机物与有机物之间，细看之下就会明白，它们只是形似地球上的物品，实则是另一种东西，也许是某种奇异的生命体，我输入的文字是它们的养料，得到的水和物品，则是其结出的果实。如此解释，似可自圆其说。

我稍感安心，便将午餐肉取出放在桌上，揭开盖子，用小勺吃起来，味道与地球的午餐肉分毫不差。吃到一半，我停下，在刚才打字的文档上复制了"为什么把我送到这儿来?"这句话,将其粘贴在文末。屏幕上立即出现一则提示:"重复不可过多,否则后果自负。"我赶紧将粘贴的部分删除,定了定神,又打上一句:"道可道,非常道。"提示又出现了:"引用不可过多,否则后果自负。"至于后果是什么,无从得知,但这样更令人生畏。

吃完午餐肉,我接了杯水,接着写下去,有些事挺有意思,有些比较无聊,但不管怎样,得先写出一定量的文字才会有充足的物资,我才能获得几分安全感。

一直工作到夜幕降临,我站起身,活动几下僵硬的四肢,打开冰箱,里面多了两打鸡蛋、五个西红柿、一把小葱、两根大葱,还有一瓶黄酱。储物柜里多了一罐盐、三把挂面、两大桶矿泉水、一小瓶花生油和一只碗。这些物资已够几天吃喝。我挺满意,便走到墙角慢慢躺倒,沉入梦乡。

我梦见自己站在一座桥上,桥两面是汹涌的海水。桥又宽又长,像一条空旷的大街,它的两端皆隐没在滚滚浓雾之中。我意识到,这是世界末日后的景象，我是唯一幸存者，如何在桥上继续生存是一个难题，还好，我手中有一根细长的钓竿，而海中不时游过鱼的影子。不久，我真的钓到了什么，于是用力收竿。可我抓住的并不是鱼，而是一只硕大的时钟，它被白色鳞片包裹着，表针是三根细长的鱼刺。我正注视着表针走动，时钟猛然响了。

从梦中惊醒，我真切地听到震耳欲聋的警报声。环顾四周，一片昏黑，威胁来自外面？我一跃而起，走到窗前。天还未亮，地表却有一层浅灰的光晕，可以看到十几个白影正从远处过来，它们一会儿像人一样直立行走，一会儿又如动物般四肢着地前进，那样子很恐怖，所幸速度缓慢。我正考虑是否要带上物资逃走，坐在炮台上的骷髅形机器人突然发出"吱"的一声，坐直了身子。它机械地操作着炮台上的各式拉杆和按钮，炮口随之震颤、移动，接着便开火了，白色光弹轻飘飘地飞向那些白影，随即爆开。几个白影被消灭了，其他的散开，在另一方位重新聚拢，向我这边推进。机器人又是一番操作，炮口再次瞄准、发射……如此开过几炮后，仅剩下两个白影了，但这时机器人的头突然垂下，再无动静。那两个白影仍在靠近，速度依旧缓慢。我走到炮台边，看着操作台，搞不清该如何使用，也不敢乱试。

"不要慌，不要慌。"我跑回电脑前，将来到此地后发生的事情快速写下来。写出几段后，机器人又启动了，继而发射光弹。白影被全歼，警报声停了。

我不清楚那些白影是什么怪物，也许它们才是本地土著，但我明白了炮台和骷髅形机器人的作用，为其补充能源是必须的。这一夜白影未再出现，我却已睡意全无。

当务之急是写出更多东西，不能仅满足日常需求，还要应对各种可能发生的状况。只写真实经历恐难达成目标，最好能进行虚构，不过得先试一下，我写了一句："有一次，冰雹下了整整一百天。"屏幕上未弹出任何提示。这就好办了。我编起故事来，一个又一个，随之获得了更多物资，其中甚至包括酒、香烟、茶叶、咖啡这样的瘾品。此后，白影又来过几次，它们现身前房间里总会响起警报，骷髅形机器人会自动投入战斗。

由于惧怕白影,我很长一段时间不敢下楼,直到我从储物柜中获得一只黑色背包和一架望远镜。白影的速度慢,发现它们后逃跑也来得及。我鼓起勇气,在背包中装上食物和水,把望远镜挂在脖子上,出发去做进一步勘察。

我走了挺长一段路,除家具、电器外,还见到几只巨型集装箱,都是空的。我没有发现其他建筑物,未见到任何动物或植物。

那以后,我沉下心,动手写一个很长的虚构作品,先写一对男女,接下来写他们的众多儿女,然后写他们儿女的儿女……好像可以这样一直写下去。每当心力不支,我就会想,自己是否落入了某种地狱,写作是一项惩罚;或者这是一次治疗,把我送到这里是为治疗我的隐疾。可能我欠下了什么,要以写作的方式偿付,也可能正相反,有什么欠我的东西,得通过让我写作的方式返还。

总有一天我将什么也写不出来,那时末日就近了。那些白影没准曾是和我一样的写作者,他们被耗竭、被吞噬，最终变成那副鬼样子。出现在外面的白影或许会越来越多，移动速度会加快，就像电子游戏的设定，消灭它们的难度将不断增加。

我还发现，我得到的物品质量欠佳，比如一个水杯，用上一周便会漏。这增添了我的忧虑，不知它们的品质是否与我写作的水准相关，倘若我能写得好一点，可能它们将更为优质。

不过也有好事，有一天我在储物柜中发现三本书：《雪山短歌》，马骅的一部诗集；《不畏风雨》，也是诗集，作者是宫泽贤治；第三本书名较长，叫作《我所告诉你关于那座山的一切》，刘宸君著，看过简介我才知道，这是作者遗稿的汇编。

这三部陌生的书，散发着纯净的光辉，滋润了我日渐干涸的内心。我想，只要写下去，我的藏书便会丰富起来，那时将可从阅读中获得更多养分，形成良性循环。

在一个阴雨蒙蒙的清晨，我从睡梦中醒来，听到窗外有音乐传来。我以为有人来了，但从窗洞放眼看去，依然只有那些堆在地上的器物。我走下楼,冒雨来到器物间侧耳辨认声源,再靠近去看,原来是一架留声机上有张唱片在缓缓转动,传出一支沉静的曲子。

这样看来,我的书写也会影响楼外的器物,楼内外的缆线是相通的,在炮台下面还有缆线接出去,而外面的缆线在地下彼此衔接,那么书写的影响力将能由近及远扩散开去。有朝一日,我能在远处某个柜子里拿到书写的"果实",能启动这地方的各式装置。我想到那几个集装箱,其中没准会出现可以助我离开此地的小型飞船。

我又想,如果我继续写,写得足够多,质量也还行,那么这整个世界都将发生改变,但若想实现如此改变,我先要汲取千万倍于自身的力量。

第三部分

# 雾言雨书

让我写,把它写下来,重要的不在于用我们的语言写,而在于以我们的方式写。在您阅读本文过程中,请务必深吸气三次以上,阅读本文或许对您有损无益,深吸气却对身体好处良多。

我们久已知悉,智慧生命散布于众多星球,形态各异,而他们都需要交流,智慧之光在交流中才会闪烁。关于诸种交流形式的论文、专著卷帙浩繁,我在此处所拟讲述的并非什么新发现,只是对一系列未曾引起充分关注的交流形式的概览与串联。

这自然涉及几个我们或熟知或陌生的星球,但我不准备介绍它们在宇宙中所处的位置,又或其地理、生态、文明历程等,甚至不会描绘各种智慧生命的样态,我将限于抽象地谈论"交流形式"。

让我们由"雾"说起。水白星人的交流形式属于我最感兴趣的"喷吐式"。他们或坐或立,张开嘴向交流对象脸上喷出白色雾气,对方无须吸入,触及面皮便可领会其意。喷雾交流是无声的,意义蕴含在雾之形态、温度、湿度及气味中。可想而知,为顺畅表达,水白星人平时必须大量饮水,通常他们会边喝水边谈话。

雨雾天气会影响水白星人的户外交流,自然之雾渗入语言之雾将造成种种误解。在不得已的情况下,交流者会以一种特制喷管,尽可能不受干扰地将自己的雾喷在对方脸上。更严谨的交流将采用以管道连通的玻璃头罩组,两个或多个水白星人各自将头钻入一只头罩内,有序进行喷雾,以实现保真效果。

以上所谈乃一般形式,水白星上不乏谈吐超常的能者,他们惯于登高喷吐,雾气浩然弥漫,众人仰面受教,皆有所得。更有强大言说者,可凝雾成云,云气生雨,雨滴打在听众脸上、身上,将之淋个透湿,令其心领神会。水白星人为记录贤者之言,发明了泥板，饱含思想的雨滴落在泥板上，留下斑斑印记，遂成文字。

水白星历史上曾出现过七位大圣，他们喷吐的雾气，最终竟凝为冰雹砸在听众身上，据传说，因信息量过大，大圣演说时，常有人当场晕厥。事先预备的泥板记录下了冰雹砸出的小坑，自此这些泥板便成为水白星的经典。

偶尔，水白星人对雾也取务虚、超然的态度，他们有意不把雾喷在对方脸上，而是并肩喷向远处，看着那一团白雾渐渐飘散于空中。当圣贤居高吐雾布雨之时，也有人选择坐在廊檐下观雨，默然聆听雨声，却不让雨水打湿半点。

附带一提，常有研究者将水白星人的"雾"与沙赤星人的"烟"对举，他们是被雾与烟的自然形态误导了。沙赤星人吐出烟雾，与表达无关，只有吸入才与理解相联系。仅举一例，沙赤星人从前没有"小说"的概念，约两个世纪前，他们从海蓝星引入了小说，并将之制作成卷烟。我曾有幸得到两盒小说卷烟的样品，分别名为《群魔（上）》《群魔（下）》，作者是海蓝星远古时代的作家陀思妥耶夫斯基。随机抽出其中一支烟，可以看到卷烟纸上所印小字，如"一条绝顶聪明的毒蛇"，此乃章节名。一部书的信息近乎平均地分布在每一支烟上，假如某一章节较长，其内容将被分散于多支烟卷。我所得到的两盒烟，各装二十支，每支相当于海蓝星原著约二十页的篇幅。我吸它们是不能读取烟中含义的，很遗憾我不是沙赤星人，唯有他们才能以吸烟替代阅读。不难想象，一位沙赤星人，坐在家中长沙发上，眯起眼睛，缓慢而坚定地一支接一支吸完这两盒《群魔》，每吸一口都要稍微停顿，凝神思量。他所领略的，不会比一位海蓝星人通过视觉阅读得到的少。

但是，如我们所见，水白星人的交流形式与沙赤星人的阅读方法之间确有共同之处，即那种柔和、朦胧之感。在这雾与烟飘升、散去之后，我们再来介绍一种火药味十足的交流形式，它被普遍视为典型的"喷吐式"，此即冰橙星人的喷弹交流。

设两个冰橙星人：A 和 B，A 对 B 开口说话，其口中发出的语言是一发或多发子弹,子弹射入 B 的身体,B 便明白了 A 的意思,当其回应 A 时,也将喷射子弹,打入 A 的身体。无须担心,他们都不会被语言子弹射死,只会造成轻微破损,一点皮外伤,以及尚堪忍受的痛感。信息包含在弹头中,射入身体后会被迅速吸收、解析。同时,击中的位置、射入深度、痛感强弱等因素,也会影响对意思的理解。

当一个冰橙星人对众多同胞讲话时,必须像机关枪那样喷吐子弹,进行扫射。假如 A 对 B 有许多话倾诉,则会如冲锋枪般将一连串子弹射入 B 的身体,但这样的事极少发生,冰橙星人说话格外谨慎、惜字如金,多数时候他们宁愿沉默。

对异星人而言,冰橙星人喷出的子弹是致命的,假如他们朝您说话,可能会把您打成筛子。

起初我们揣测,冰橙星人会将子弹喷射在物体上,打出弹痕,此即他们的文字。但经观察,他们不会向物体讲话,即使偶尔在某物表面造成弹痕,亦无意义,无人会去加以解读。冰橙星人的书面语是他们喷射子弹后在彼此身上留下的伤疤。C 在 B

的身上，可以读到 A 对 B 说的话。倘若 B 本就是一位信使，那么 C 读到的也即 A 写给自己的信。

可惜一片疤痕短期内便会被新的疤痕覆盖，不易长久保存。若言说者为圣贤，他们造成的疤痕会极受重视。人们总在四处寻找被圣贤射中过的躯体。被圣贤迎面喷射过或哪怕只被扫射到一两下的人，皆会以圣贤弟子自居，他们从此穿上特质的防弹衣，尽可能长久留存圣贤之训诲。众人一旦看到穿防弹衣的人走来，便会欣欣然围拢上去，待其脱去防弹衣后，恭敬拜读那不同凡响的疤痕。

也曾有人指出，冰橙星人的交流方式，实质上属于"融合式"，即将自身的一部分与对方融合，以实现信息传递。此说不无道理。应当承认，我们所采用的分类法难免带有相对性和一点任意性。融合式交流局限性很大，但在宇宙中却较为常见——马黄星人凭借身影重叠交换意见，言谈深浅取决于影子的浓淡；云绿星人仅需映现于同一面镜中即可声息相通，镜面越光洁，交流越明快；森白星人的交融方式则略显血腥，他们互输血液以传递心意……

这之中,木蓝星人比较有趣,他们有两种交流方法:互换嘴巴与互换耳朵。"耳朵""嘴巴"这类指称器官的词语极易造成误导,不同星球的人对于它们的理解或有天渊之别,但我们尚且难以摆脱此类简单化的表达法。

设两个木蓝星人:A 和 B,A 与 B 交换嘴巴后,B 的嘴巴将在 A 的脸上,对 A 讲出 B 想对 A 说的话;相应地,B 也将通过 A 给 B 的嘴巴,听到 A 要对自己说的话。他们之间的空间距离不构成交流的阻碍,就是说,他们交换嘴巴后,可以远程对话,只要一方的嘴巴和另一方的耳朵在同一头颅上,便能实现交流,反之则无法交流,可见头颅是必要的信息传递导体。

但是,在远程对话中,交换嘴巴会出现一个问题,假如 A 把嘴巴交给 B 后,B 悄悄将它转交给 C,那么 C 就能偷听 A 本想对 B 说的话。为了迷惑 A,C 的嘴巴可以将 A 的话向 B 的耳朵学舌,B 的嘴巴再对 A 的耳朵做出回应,使 A 无从察觉。

交换耳朵看似相对安全,但也可能落入圈套,

C为了听到 A 对 B 说的话,可以先与 B 交换耳朵,B 再以 C 的耳朵假冒自己的耳朵与 A 交换。C 的嘴巴将偷听到的内容复述给 B 的耳朵,B 的嘴巴再将要答复的话说给 A 的耳朵,A 就会被蒙在鼓里。

糟糕的是,木蓝星人最大的乐趣便是偷听,为此他们设计了各式诡计,这也导致他们的谈话内容虚虚实实、尔虞我诈,有时甚至无从寻回自己的耳朵或嘴巴,彻底迷失在纷繁嘈杂的对话洪流中。

以上所述或有缭乱之感,而接下来的"中转式"将更令人头晕,本文仅简要介绍其中两种。

火绿星人的交流形式与生育繁衍相牵连,设两个火绿星人:A 和 B,假如 A 与 B 想进行对话,则他们必须一同生育一个孩子 C。A 与 B 无法直接领会对方的话语,只能通过 C 的翻译才能明白对方的意思。而 C 的这项才能是天生的,或者说,让 A 与 B 得以相互理解正是 C 的天命所系。

A 与 B 在发生交流前并无确定的性别,他们只是在完成生育的过程中分担不同角色。火绿星人的身体结构类似于套娃,扮演母亲的一方,在短暂孕育后，外面的一层会向左右打开，里面的孩子，也就是翻译C便走了出来。而后母亲自动复原，父母双方就可以交流了。

火绿星人的生育纯粹以交流为目的，毫无性的意味，但"孩子"不会与其父母（以及祖父母、外祖父母等）直接交流，而只充当父母达成相互理解的工具，这种禁忌与其他一些星球上所谓的乱伦禁忌相似。

C也是A与B之间唯一的翻译，要是C不见了，A和B将无法继续交流，他们没有机会再生一位翻译出来。

现在，假如有个D与A生了他们之间的翻译E，那么D就不必与B再生一个翻译，而可通过E、A、C，与B相互传话。火绿星人一生直接交流的对象很少，大部分交流依靠这样的传话，这极大地节约了交流成本。

火绿星人生命短暂，对于直接交流极其审慎、克制，仅限于狭小范围，是以没有因其交流形式造成人口爆炸、资源被过度消耗的危机。

鹤紫星人的"中转式"似乎更为玄奇,在他们那里,个体只在表面上是彼此对话的主体,而真正的主体是隐而不显的。诚然,这仅是研究者的假设,却也是对鹤紫星人之间混乱的对话、易变之关系的最合理解释。

设两个鹤紫星人:A 和 B,从表面看是他们在对话,但实际上他们所使用的话语是一个隐蔽者 X 分配给他们的。

我们会发现许多诸如此类的对话场景:A 对 B 说:"什么时候还我钱?"B 回答:"下周我能收到一笔钱,到账后马上转给你。"但是,A 随即会说:"咱们的结婚纪念日快到了。"B 则回答:"是啊,咱们结婚就要十年了。"

假如 A 和 B 是夫妻,那么他们之间又怎么会有债权债务关系?可见后面的对话将前面的对话推翻了,转眼间 A 与 B 的关系便发生了根本改变。

而紧接着,A 可能会对 B 说:"我爱你。"B 会回答:"可我已经嫁人了。"他们的关系又被修改了。

A 与 B 的行为会根据他们的对话内容进行调

整,假如对话在一段时间内持续显示为"夫妻间交流",那么在此时段内,A 和 B 也将作为夫妻相处。

这让我们不由猜想,A 和 B 并无独立的意识,他们犹如傀儡,由借他们之口说出的"话语丝线"牵引着行动,而背后操纵他们的那个真正的语言主体 X 则始终保持神秘。但"X 的目的何在?"却一直令研究者迷惑。难道这一切只是一场自说自话的游戏?

有人指出,鹤紫星人貌似在运用一种语言,并可根据他们相应的行为进行解读,但实质上这些声音并非语言,其举止动作也不构成真正意义上的行为,它们神秘而空洞,无从理解。但也有人认为,我们与鹤紫星人并无本质差异,我们的社会关系相对稳定,却非绝对固定,这里仅存在程度上的差别。

不过有一点彻底暴露了鹤紫星人的傀儡本质,那就是他们无法与异星人交流。面对外星访客,他们总会陷入沉默、僵硬,无论访客对其说什么、做什么,皆呆若木鸡,全无反应。这只有一种解释,那个 X 不能将自己的语言分配给异星人。

有人在此假设基础上，提出了一种二元论，即在鹤紫星人背后，隐藏着两个主体，所有对话与行动皆在此二者操纵下展开，就像一场游戏或一局棋。对这一观点的反驳是，假如我们能接受二元论，那为何不能接受多元论？而把多元论推到极致，又会将主体性归还给每一个鹤紫星人。诸如此类的思辨已超出本文主题范围，让我们深吸一口气，就此打住。

　　最后讲两种鲜见的交流现象，一种带有悲剧色彩，另一种虽无喜剧性却令人感觉轻松，我称它们为"延迟理解"和"预先理解"。

　　从我们听见或以其他形式接收一句话，到理解它，这中间需要一段时间，有些话可能晦涩难解，却属少数，通常这段时间非常短促，甚而短到无从察觉。但在雨褐星上，这段时间是不可测的，因为他们理解一句话需有"第二条件"出现，而第二条件是什么，何时出现，皆不可知、不可控。

　　设想在雨褐星上，一位男子向一位女子表白，说："我爱你。"这位女子无法即时理解这句话，但这句话会留在她脑海里。此后，某一日，她旅行至一座山中，独自走着走着，听到从远处传来寺院钟声，这时她会忽然明白那位男子在那遥远的黄昏对她说出的话是什么意思。然而此刻，时过境迁，男子早已不知去向。即便她还能联系到他，对他说："我也爱你。"这位男子亦无法即时领会，要等到某一日发生一件意料不到的事，也即第二条件出现时，才能醒悟。

以上假想情境也许有些极端，大部分时候，第二条件是较为常见的自然现象，比如一阵风吹过、一场雨落下，但理解每一句话，对雨褐星人而言皆弥足珍贵，他们将之视为一种机缘。很多话将永远不被理解，若是神秘的第二条件终未出现，这些话会在听者脑中久久回荡，折磨听者，直到与其一同化为乌有。不过也有一种传说，在雨褐星人弥留之际，他（她）能在极短时间内明白这一生存在脑中的全部难解之言，这像一次赦免，却也只能是于事无补的安慰。

较之雨褐星人的"迟钝"，土蓝星人就过于机敏了。一位土蓝星人来到一处货摊前，刚一开口："我……"摊主便已心领神会，将一包方便面摆在他的面前。这位摊主有可能猜错，但这样的失误很少发生。土蓝星人的头脑有着强大的运算能力，他们根据大量经验、数据，以及眼前的各种表征进行推理，推理过程一般是无意识的，在对方开口前，便已知道其大概率会说些什么。对他们而言，语言反而是实现理解的第二条件，其作用仅在于增加判断的把握。

在那里，男女间的表白是这样的，男方说："我……"女方深吸一口气，答道："我也……"之后便不必再说什么。

# 纸卷人

对纸卷人的早期报道，来自龙黑星的几位异星生物学家。此后很久没有智慧生命探访过纸卷人所在的湖白星，自然也就缺乏新的第一手材料，直至狮蓝星人去那里实地考察，才让我们获悉纸卷人的结局，但他们所留下的谜团至今仍未解开。

在那遥远的星球上，纸卷人聚居在适于生息的湖区，湖水呈白色，湖中生长着巨型黑莲。这片水草丰美之地处于广袤荒原的中心，而荒原则被更为广大的海洋环绕着。多数纸卷人都曾在荒原中跋涉，却无证据表明，有纸卷人曾走到荒原尽头，看到过那无际的汪洋。

成年纸卷人的身高在一米四左右。从表面看，他们有着与人类相似的身体构成——头颅、躯干、四肢。与人类迥异的是，他们仅凭光照与摄入水分便可生存,更像一种会行走、说话的植物,但是纸卷人最为特别之处并不在此。

被称为"纸卷人",是因其部分躯干——具体说是从胸口向下一直到腹股沟上方——是一个高约五十厘米的纸卷。纸卷的周长会随年龄增长而变化,初生时只是一根周长约十厘米的轴,之后"纸"自轴上长出,每年绕轴一圈,通常能生长五十年,纸卷周长可达五十厘米以上。

纸卷人从不展开自己或他人的纸卷,似乎那会令其疼痛,但也可能存在某种禁忌。正因如此,有很长一段时间,龙黑星学者只将这些纸卷视作纯自然的产物,待到他们着手勘察纸卷人的墓葬情况,才得以洞悉其中奥秘。

亡故的纸卷人皆被赤裸地装入石棺,运往荒原埋葬。送葬者会挖一个深达五米以上的墓穴,将石棺直接放入穴内,而后掩埋,并在坟前立一座黑色石像。石像是按照纸卷人的形象雕刻的,简约、粗粝,其上无任何文字,除了纪念亡者,它也起到标示的作用:告诉后来者,这块地已被占用。茫茫荒原便是纸卷人的墓园，越靠近湖区的坟墓越古老，随时间推移，亡者逐渐被送往更远处安置。在龙黑星学者到访的那一时期，作为聚居地的湖区已然被密密麻麻的黑色石像所包围。

考察者偷偷挖开了几座较为古老的坟墓，他们发现，墓内石棺中的尸身仅残存纸卷部分，头颅、四肢等皆已化为泥尘。从墓穴挖出的纸卷柔韧度好，极易展开，在洁白的内面，有一排排大小均等的墨黑图案，像是某种文字。

湖白星人之间仅有简单的口头交流，并未创造文字，他们的生活形式极为原始，所以起初学者们以为这些图案只是偶然形成的花纹。但经过更大范围的挖掘、辨析，他们发现所有图案皆由五十二个基本符号构成，而基本符号的每一种排列组合都会反复出现，如同字母与单词。

遗憾的是，龙黑星学者没能破译纸卷上的文字，他们的假设未获证实。这是由两方面的困难所致：一则，纸卷上的符号系统复杂，所表达的内容可能极为抽象；再则，纸卷人在看到这些符号时，显得漠不关心,不会对之加以读解,而其生活形式也与此符号系统完全脱节,无法通过他们的行为、口语等,揣摩符号的含义。

龙黑星学者对于纸卷人的研究至此告一段落。此后,海蓝星学者李正煜基于上述报告,提出一个猜想:纸卷人实际上拥有两个大脑,一个在颅腔内,与人脑近似;另一个位于身体其他部位,很可能有着奇异的形态结构。前者负责满足基本生存需要,它指挥身体过那种朴拙至极的生活,后者则达到了超出我们想象的智性高度,它才是纸卷上那些神秘文字的作者。此二者各负使命,从不进行任何形式的交流,但前者无意识地在为后者服务,而后者的目的又是什么,却难以测度。这一猜想得到了纸卷人研究群体的普遍认同。

当狮蓝星人抵达湖白星时,那里已是另一番景象。由于气候发生极端变化,温度骤升,星球上的湖水在很短的时间内干涸了。湖区消失,纸卷人已不见踪影。荒原上的石像饱经剥蚀,面目全非,看上去只是一大堆奇形怪状的黑色石块,而地下则埋藏着无数经久不坏的纸卷。

　　狮蓝星人开展了大规模的挖掘、整理工作，他们将数以万计的纸卷装上飞船，对挖出后无法带走的纸卷也做了内容记录。但相对纸卷总量而言，这仅是一小部分。

　　由于未能找到一个活体纸卷人或是相对完整的纸卷人遗体，李正煜的猜想依然无从证实。

　　经过多年分析研究，狮蓝星学者不得不承认，他们同样不能破译纸卷上的"文字"，进而对那些图案是否真是文字提出了尖锐质疑。然而，狮蓝星人始终拒绝分享其所获取的纸卷内容，这不能不使人生疑。

　　狮蓝星人的实地考察结束后，再没有人踏上过湖白星的土地。我们可以设想，现在那里一派死寂，但同时它又仿佛一座幽静的图书馆，存放着欲向宇宙间芸芸众生传达的奥义，只可惜无人能解。

# 他们

　　他决定写作，实为决定逃避。他在工作中犯了一个错误，自己发现的，别人还未发现，但迟早会发现，虽然不是什么致命错误，可以说只是个小错，他却莫名不安，下决心辞职，然后写作。

　　他此前从不写作，从小到大自然写过不少东西，但那种写的状态远远够不上"写作"。现在，他要写作，只因他将写作当成了一种逃避方式，去写作，就像隐入一座深山。

　　写什么呢？他最初设想写一部"一千零一夜"。他准备将自己未来一千零一个夜晚所经历的事情记录下来，合成一本书。这样至少可以让他躲上近三年时间。大脑里装着如此简单的想法，他辞职回家了。

　　他把自己封闭起来。这时他意识到他想逃避

的不仅是一次惩戒，而是整个世界，表面事出偶然，内里却蓄谋已久。

现在他坐着，面对电脑屏幕，发现他所经历的一个个夜晚根本不值得记录。他没勇气在夜里从事冒险活动，最多是在家宅附近散步，或者就那么坐着，看手机、看电脑、看电视。他本来想，至少可以把有意思的梦记下来，但辞职后梦就模糊了，后来干脆消失了。结果，他只能像面壁一样面对显示器，冥思苦想，像在自我惩罚。他本来应该读点书，多读几本，但他没有书，他从不买书，以后也不会买，他认为创作不该受他人作品影响，应当从无到有。

他坐着，就这么耗着，日益感到生活与内心的贫乏，这令他愤怒。

后来，在一个暴风雨的夜晚，他忽然动手了，新建一个文档，把手指放在键盘上，某个句子已经在他脑中盘旋，尽管还没抓住，但一个字渐渐清晰……就在这时，他看到，在光标闪动之处，出现一个字"在"。他确信自己并没打字，定睛一看，那个

"在"字消失了。

他想打的那个字，似乎正是"在"，所以才会出现幻觉。他打了一个"在"，随即，在"在"字后面又出现一个字"这"，一个黑色宋体字，仿佛真实存在于屏幕上，但他清楚这又是幻觉。他想看看接下去会怎样，便打了一个"这"。"这"字从幻影变为现实，后面又出现新的幻影"个"。他继续跟着打字，结果出现了如下语句："在这个海岛上，有一座监狱。"这并不是结束，后面跟着的幻影字是"那"。

他亦步亦趋，将文字的幻象变为现实。三个小时过去，幻觉终止了，他得到一篇完整的作品。从头读过一遍，他判定这是一篇小说。唯一缺少的是标题，他随便起了一个，点保存，之后将文档关闭，关上电脑，关上灯。

雨水冲刷着窗玻璃，雨的味道向室内渗透。他陷在沙发里，思索这是怎么回事，他是否受到了操控，还是精神出了问题。他站起身，再次打开电脑，又建了一个新文档，在这个本应一片空白的文档上赫然有一个"我"字。他拿起手机，通过摄像头看电脑屏幕,"我"字消失了。等了一会儿,他把手指放在键盘上,作势打字,那个"我"又出现了。他反思了一下,虽然是"作势打字",但他心里想的确是"我"这个字。

这一夜他失眠了,凌晨时分雨才停,天渐渐亮了。他一直躺到中午才起。他订购了一台新电脑,他知道幻觉与电脑无关,但换一台也许一切就会不同。事实证明,他这笔钱是白花了。

他不打算去看精神科医生,幻觉仅在"写作"时出现,对生活并无影响,而且他找到了一种解释:这些文字幻象是他内心的投影。这个"内心"比他的脑和手都快一步。接下去,他只需追随自己的内心,把作品一篇篇打出来。

但是,随着作品(全是小说)的显现,他的解释也变得站不住脚,因为他不可能有如此陌生的"内心",从经历、知识背景到个人情感,它们都不是他所能写出来的。这是另一个人在写,他只是在打字。

他选了几篇小说投稿给文学期刊,都被采用

了。编辑的回信很热情，他们表示期盼他的新作。

投稿时，他用了一个笔名，说"笔名"也不准确，它是一个代号，指代那个真正的作者。拿到的稿费，他采取三七开的办法，他拿三成，另外七成存起来。作为打字员，他分给自己的多了点，但是他认为他的精神多少受到了损害，理应得到补偿。如此，他和那个隐秘的作者便互不相欠了。

一年后，他出版了第一本短篇小说集，收入四十篇小说，而这时他已积累了三百多篇作品。书受到不少好评，卖得也还可以。出版方的期望值本就不高，对此结果喜出望外。他成了受瞩目的新人，但是他从不看评论文章，不接受采访，不与文坛打交道。他拒绝一切抛头露面的邀请。

他继续写作，或说继续打字。他意识到，在打字过程中，他并不总是落后的，比如当文意要出现转折时，屏幕上出现了"然"，他会下意识地打上"然而"，这让"而"的幻影还没出现就被真实的文字占据了位置。还有，如前文为"他决定"，后面出现"破"字幻影的情况，他会提前打出"破釜沉舟"，如此他又取得了三个字的胜利。但这种胜利又有什么意义？有时他自作聪明，多打了字，打得不对，字的幻影便会卡住不再出来，只有把错的删去，幻影才会重现。这就好像有个人一直在他前面跑，不会把他甩掉，只保持一点点领先，偶尔他可以超过那人半步，但若无人领跑，他马上便会迷失。

之后，全无征兆地，他开始打一个长篇。跟打短篇的感受不同，他之前每天只打一个短篇，最长仅八九千字，而这部长篇小说每一章都有两万多字。打到疲惫不堪时，他只能停下，第二天再开始。他打字的速度越来越快，对文意已无暇领会，也不清楚小说会写多长。这部长篇小说花了他一个月的时间，共计二十章，近五十万字。他甚至懒得通读一遍，就把作品投给了一家不时给他寄些小礼品的出版社。对方很快寄来合同，他看也不看便签了字。与此同时，他已经启动了一部新作的打字工作。

他的第一部长篇引起了广泛回响，虽然文坛坚定地保持沉默，媒体上仅见零星报道，但一些文学爱好者很喜欢这本书,自发地做了许多宣传。他获得了一笔可观的版税收入。随后,他的七部短篇集和第二部长篇陆续出版。文坛人士坐不住了,他们写了措辞激烈的批评文章,通过各个媒体发表,但没有等来任何反击。他们自觉已对他作出判决,给了这位傲慢的作者一个狠狠的教训。但是,三年过去,他又出版了三部长篇,八部短篇集。这次文坛人士和媒体转而吹捧他,写出大量以夸张的套话堆砌而成的赞美文章,他的几本书登上了各种好书榜。他们要给他颁奖,请他做讲座,还有人想与他对谈。他们通过出版社联系他,但他的回答是:"我只是把作品一个字、一个字打出来而已,不像他们以为的那样,对不起……"

那以后,出现了几种关于他的传言。有人言之凿凿,声称他曾经重度烧伤,面目无法示人。还有人说他是个躲避通缉的罪犯,靠写作为生,处处小心谨慎,唯恐暴露行踪。只有一位精神分析派的评论家是从文本出发的,他说:"无论怎么看这些小说,都觉得作者是个精神分裂症患者。"对于这些人的议论，他全然不知。

一天，他面对还是一片空白的文档，滑着鼠标，光标的移动忽然变得很不顺畅，手指似乎不听使唤，这令他产生一种无力感，不由寻思，也许中风就是这种感觉。他站起身照了照镜子，感到心惊，镜中的他目光呆滞，须发蓬乱，形容枯槁，以"半人半鬼"形容也不为过。他有预感，接下来要打的将是一部长篇作品，而且会与从前的作品很不一样。他决定先休息一段，养精蓄锐，再投入这项重体力劳动。

他选择了一处滑雪胜地度假。他不会滑雪，只终日坐在旅社房间，看落地窗外白雪皑皑的山峦。他想他不过是换了个地方坐着而已。

两周后，他回到自己狭小的房间，打开灯，拉紧窗帘，坐到电脑前，深吸一口气，然后开机。光标闪动，那一瞬间他心生恐惧，怕文字的幻影不再出现，但第一个字照旧不请自来——"大"，他跟着打出"大"，接着是"雨"，他略带几分郑重地打下"雨"，这便是作品的开端。没有"第一章"，说明它将不以章划分。

他的预感没有错，这不仅是部长篇，而且是超长篇。他疯狂地打字，不分昼夜，很多次一直打到伏在电脑前睡去。在连续工作一个月后，他进入一种崭新的境界，不再感到疲倦，眼前只有微光在闪动，他仿佛跑上一片白色旷野，跑在他前面的那个人，不是一个支配者，而是领路人，他在引导他逃离这个世界，之前的作品不过是一次次练习的产物，而这一次，他们将冲向无限。

第二年春天，人们撬开他的房门，发现了僵坐于电脑前的他的尸体，其时他已死去一个多月。消息曝出后，一些文坛人士虚构了与他交往的经历，发表了纪念文章，其中几篇很感人。又一年过去，他未竟的巨作得以出版，被公认为一部令人费解的奇书。

# 话语集

　　C俯视结冰的河面,吸着烟,烟雾缓缓飘向半空。午饭后,他常散步至河边,运河与他上班的写字楼只隔一条马路。现在天冷了,这里没几个人。抽完三支烟,他走下河岸陡坡,斜着身子,一脚高一脚低地向西走,臂弯里是一本黑色封皮的书,书封上有个醒目的白色数字7。

　　走出大约二百米,他开始向上挪,岸上有一把长椅,那是他的"宝座"。等他坐稳了,眯眼看冰的反光,把书放在一旁,忍不住又掏出烟盒抽出一支点上。他叼着烟,捧起书随便翻开一页来读。

　　书页上,小字密密麻麻,既无分段,也无标点,只能据语义在阅读中自行切分。书很厚,通读一遍绝非易事。

　　他在页面上搜寻着。"A律师只给你那么点

钱,怎么生活啊?"他从一大片文字中分辨出这一句,心里自动为它加了标点。这是 Z 的话,她是 A 律师的秘书,一个漂亮女孩。他记得,他们的对话发生在地铁上,他回答说,无所谓,父母还会给他些钱。然后他问 Z:"一个人有没有可能一辈子一分钱都不挣?"Z 听后很吃惊,瞪大眼睛说:"那怎么可能?!"

但在"A 律师只给你那么点钱,怎么生活啊?"附近并未出现"那怎么可能?!"这句话,因为此书散乱无章,这一点他早已明白。

他往后翻了几页,停下来,又开始搜寻。"她打乒乓球的队友是个大胖子,摔倒的时候把她的肋骨压断三根!"这是去年某一天母亲对他讲的事,他的印象挺深。

"这座山叫白须山。"这是堂兄的话,那是很久以前,他们还是孩子,有一次在祖父家玩,堂兄指着一张照片告诉他,"这座山叫白须山。"堂兄从孩提时起就是个沉默寡言的人,长大后他们几乎从未交谈过,至多在家庭聚会上打声招呼,也许正因如此他才记住那个情景，在一间光线晦暗的老屋里，堂兄指着那张发旧的照片，告诉他一座山的名字，"白须山"，那时他还想，山顶笼罩的白雾真像是白胡须。

C 捻灭烟头，起身扔进几步外的垃圾箱，又点了一支，重新坐好，将书翻到末一页，然后倒着往前翻过几页，看到一句，"有一次，我开着车，在高速路上睡着了。"这是不久前 A 律师开车时同他聊起的，在去往一个外地看守所的路上，他坐在副驾驶的位置，A 律师说："长时间开车很危险。有一次，我开着车，在高速路上睡着了。醒来一看，车停在绿化带上。你说悬不悬？老天保佑！"在 C 认识的人中，A 律师恐怕是最能说的一个。

同一页上还有一句被他认出来了——"我男友二话不说就把外衣脱下来借给她了。"这是大约两年前 E 和他吃饭时说起的事。E 跟她男友去看电影，影院里挺冷。她男友旁边坐了个素不相识的女孩，穿得单薄，向她男友借衣服，她男友毫不犹豫就把外衣脱下来借给那个女孩了。那是 C 最后一次见 E,不知后来她和男友怎样了。

他又把书翻到第一页,几天前他曾看过这页,一无所获。但可能是记忆未被唤醒,或者事情尚未发生。这书是常读常新的。果然,他发现了一句,"黑铁门站没有停?"昨天,他在外边闲逛了一下午,很晚才乘地铁回家。整节车厢只有他和一位老人相向而坐。老人打着瞌睡,后来忽然醒了,惊慌地问:"黑铁门站没有停?"C 一时语塞,难道地铁列车还有错过站的时候? 半晌他才醒悟,根本没有"黑铁门"这一站。

他是在一年多前得到这套书的。那时他刚通过司法资格考试不久,正在外地旅行,书寄到了家里。等他旅行回来,他爸妈已经忘了这事。又过了两天,他才在堆放杂物的小屋里发现那个包裹,一只在运输途中饱经摧残的大纸箱。快递单被水浸过,字迹模糊,只能勉强认出他的名字。他划开箱盖,从里面掏出一本又一本厚重的黑色硬皮书。与其说是书,不如说更像大号笔记本,封面上既无书名,也无作者名,仅有用白漆涂抹上去的阿拉伯数字。他数了一下,总共十四册。

他拣出第一册,翻开第一页。上面印着一段前言不搭后语的话:未来不是一下到来的,它会一点一滴渗透过来,同理,过去也不会一下消失。本书是一部话语集,收录了C一生中所听到的他人对他(且仅对他)讲的所有话。这大概是这套书的"引言"或"出版说明"。C想,不知是谁搞的恶作剧,真下功夫。又看了一会儿,他便发觉这书确实古怪,无页码,亦无分段、标点,可以读出一个个句子,但句子之间没有连贯性。

放下第一册,拿起第二册,匆匆翻开一页,这次他一眼就看到一句熟悉的话:"我想发明一种装置,可以让自己的左眼直视右眼,右眼直视左眼。"这是N说的,C大学时代的好友,一个常有古怪想法的人。当时,N还大致设想了这个装置的结构:它有点像望远镜,一端有两个目镜,另一端是封闭的,里面装上小灯泡和一组镜片。把两只眼睛对准目镜,左眼就能看到右眼,同时右眼可以看到左眼。C记得很清楚,说这话时,他们正在一座公园的湖上划船,小船上唯有他们两个人。

这套书不可能是 N 的杰作,虽然这正是他的风格。N 大学还未毕业就去世了,死于白血病。N 住院后,C 从未看过他,C 好像有心理障碍,无法面对病重的友人。后来听别的同学说,N 躺在病床上,见到他们时大喊:"我不想死!我还不想死啊!"边喊边攥着拳头捶打床板,完全变了一个人。

像"我想发明一种装置,可以让自己的左眼直视右眼,右眼直视左眼"这样的话,其他人很难想到,即便有人想到了,又怎么会知道 N 曾经对 C 说过?

那以后,C 又发现了更多句子,可以证明这套书的确是别人对自己说的话的集合。从那时起,C 开始用心记住听来的话,再去翻书寻觅、求证。

这事难以解释,甚至不可思议,但 C 没有惊慌,在他看来,对于不可理解之事,仅以"不去理解"对待即可。他没有被害妄想症,不觉得会有人在暗中监视他,想要算计他。他按顺序将十四本黑皮书摆上书架,心想此事还是不告诉任何人为好。他又想,会不会许多人都收到过这样一套书,只是不愿讲出来?

接下来的一年中,C不时随机抽出一本黑皮书翻看。他意识到,书里的话不是按时间顺序排列,而是完全打乱的。一个人也许对他说了一大段话,但会分散在好几册书上。这让书变得不那么实用,倒像是一种拼图游戏。还有,书中不会出现重复的话,应该是将同样的话算作了一句。

他想到,可以根据这套书推导出自己大概的寿数——用总字数除以每天听到的话语字数(可约略估算),便是他能活的天数。C并未真去计算,他觉得这没有意义。要是从现在起,别人一跟他说话,他就马上躲起来,是不是能活得更长?要是一切都已注定,逃避也没用;要是并非注定,他又何必迷信这套书呢?

不过他还是做了一些试验。他对镜中的自己说了一句醒目的话:"永远永远永远永远永远永远永远永远永远永远永远不要相信任何人。"之后,他花了很长时间将整套书翻检一遍,最后确定,并无此句。看来确是只限于"他人的话",否则他就能通过镜子向过去的自己传递各种信息了。但即便如此,C还是有办法传信,他可以问某个朋友:"昨天的中奖彩票号码是多少?"那人会告诉他一串数字。想到这里,C又一次翻遍整套书,其中是有几串数字,但都是手机号。这也在意料之中,C明白,他决不会让这套书改变自己的命运。或许正因如此,他才具备了拥有这套书的资格。

在此期间,C成了A律师手下的实习律师,实习满一年便可转为执业律师。但他对这个职业颇感头疼。A律师只给他很少一点钱,让他干些杂活儿。他的实习像走过场。工作日的午后,他常在河边消磨时光,坐在长椅上随意翻阅黑皮书中的某一册。

此刻,他读到一句话:"还想再去一次幽朴阁。"他在这套书的好几处都读到过这个词,"幽朴阁"——"咱们去幽朴阁吧。""我还是喜欢幽朴阁。""你是怎么发现幽朴阁的?""咱们可能再也去不成幽朴阁了。"这些话会是谁对他说的?应该是个与他关系密切的人，只是还未出现。他上网搜索过，幽朴阁是真实存在的，位于西山景区的一个角落。

C抬起头，望向对岸，两位老者正在一棵银杏树下推手，推过来、推过去……他忽然决定这就动身寻访幽朴阁。他给Z发了条信息："我下午不回事务所了，有事随时联系。"很快得到了回复："好的"。

约一小时后，他步入西山景区。寒风扫荡过的天空，湛蓝、虚幻，看久一点会轻微晕眩。偌大的景区，没有别人的影子。他按指示牌一路找去，一边走一边还在胡思乱想：假如过去是左眼，未来是右眼，那现在就是它们目光的交会吧？

他走进山脚下的寺院，由一道角门迈入侧院。院内幽静，一座小池已然冻结，池后的假山上有个四角亭，檐下悬着一块古旧的匾额，上书"幽朴阁"三字。他本以为会有一座楼阁，没想到是这么个亭子。也许这块匾原属他处，看上去与亭子并不相衬，但不管怎样，如今这里便是幽朴阁。未来，他会和某个人一次次来到此地，但是终有一日，那人会对他说："咱们可能再也去不成幽朴阁了。"

第四部分

# 时间错觉

单人病房中，他坐在一把破旧的皮面折叠椅上，望着窗外。已是万物凋敝的时节，医院的院子里，一排不久前还缀满金黄叶片的银杏树，现在光秃秃的。一只乌鸦立于树梢，不时歪一下头，像在等待什么。稍远处，低矮的院墙外有一栋小楼，外墙遍布焦枯的爬山虎，一个男人正站在楼前默默地吸烟，其身后，一个胖女孩在发疯似的跳绳，一个瘦弱的男孩在旁边痴痴地看着。

他将目光收回，扭头看他的父亲。父亲躺在病床上，斜靠竖起的枕头，闭着眼，显得异常虚弱。

"爸，刚才我在过道上跟护士闲聊，听她讲了以前一位病人的事。那人得了失眠症，每天夜里都反复折腾，起夜，检查丢没丢钱包、水龙头拧没拧紧、煤气关没关好，然后再躺下，可心里总不踏实，没法入睡。

"本来只是失眠，还不至于住院，可有一天，他下定决心，就算睡不着也要好好躺着，无论心里多烦乱也不睁眼。那天晚上从十一点上床开始，他就坚持静卧不动，双眼紧闭。后来据他自己讲，自始至终他都没睡，他靠意志力克服了一次次睁眼起身的冲动，就像牛仔骑在暴躁的公牛背上，竭尽全力不被甩下来，多维持一秒都很艰难，最后他实在没法承受了，一骨碌坐起来。但是眼前的景象把他弄糊涂了，他不是在自家的卧室，而是到了一个陌生的房间。两个医生模样的人正盯着他，显然被吓着了。大家都平静下来之后，他们才对他讲：'你已经昏迷快一年了。'"

父亲没说话，仍然安静地躺着。

"是不是挺有意思?"他向前凑了凑。

"爸?"仍无动静。

"爸?!"

原来，就在他讲故事的时候，父亲已悄然离世。

几天以后，在冷灰的天空下，几位亲友为逝者举行了简单的葬礼。仪式结束后，父亲的一位老友走到他面前，从大衣口袋内掏出一个浅棕色信封递给他。

"这是你父亲给你的信。"

"我父亲……给我的？"他颇感意外，不明白父亲为什么要写信给他。

"他去世前一星期给我的，嘱咐我在他走以后亲手交给你。"

他接过信，道了谢，没有立即拆看。他觉得蹊跷，或许父亲有对他难以启口的事，这才选择此种方式。他忽然意识到，自己并不了解父亲，那个沉默寡言、让人捉摸不透的人，有时神秘兮兮，偶尔还爱搞点小恶作剧。

他辞别参加葬礼的亲友后，决定徒步穿过城区，返回住所。没走一会儿，下起雪来，雪片纷纷扬扬，宽阔的路面很快覆上一片白色。路边的行道树，叶子落尽，枝杈依然繁密，仿佛城市黑色的神经丛暴露在外，不久也挂满了白雪。

雪片飞落在他眼睑上，他将手遮在眼前慢慢走着,尽量不去回忆往事,让自己沉浸在这倏尔降临的雪景中。

没过多久,马路上便留下许多道长长的车辙印。路牙湿漉漉的,仿佛一条笔直的黑线。两个路人正相向穿越马路,他们步履匆匆,擦肩而过,彼此漠然无视。

在前方一座过街桥上,有个戴黑色帽子的男人正举着相机,为四五米外一个年轻女人拍照。她的手伸向护栏斜上方,将目光投向远处。两人保持暂时的静止,雪落在他们身上,无声无息。几只麻雀飞到女人身后的栏杆上,轻巧地跳动几下又展翅飞走了。

在街边花园里,一尊铁饼运动员塑像下,两个少年守着一个小火堆,不是在取暖,而是在玩火。四下植被凋零,挂满冰霜。一截枯木横在地上,已盖了厚厚的雪。青烟从火堆升起,飘入雪幕。火光为雪景涂上了一点橘色,却未添增一丝暖意。

不远处,一位老人坐在路边长椅上看报,手边放着一瓶酒。当他走过时,老人缓缓从报纸后露出脸来,眉头堆雪,神情忧郁。突然,老人将手中的报纸丢掉,拿起酒瓶灌了一大口。纸张落在积雪上,被寒风翻动,发出啪啪的轻响。

他转入另一条街,只见一群少年跨在摩托车上,脚支地,停在道边,其中几个手抱头盔扭头回望,屏息凝神,像在观望什么可怕的东西。但朝他们望着的方向看去,长路空空,唯有雪在簌簌飘落。

又走了一段路,他的前方出现一处地铁站口,那是个透明立方体,此刻在雪中发着白光。自动扶梯带上一位女士的侧影。当她走出地铁站,稍微远离那片白光,便成了细瘦的黑影。她手提两只大纸袋站在路边,向左右看看,将纸袋放在雪地上,从衣兜内掏出香烟和打火机,火焰跳动,留下一枚光点。她叼着烟,不慌不忙拎起纸袋,走过马路,消失在雪幕后。

雪渐渐小了,他来到一座公园大门前,想到从园内穿行很快就能到家,便去买门票。售票处内灯光昏黄,他接过票时,听见女售票员对身边的同事说:"我好几年没做梦了,昨晚做了个神奇的梦……"他看不清她们的脸，也不能继续站着听下去，只好将她的梦置于脑后，步入了公园。

这里本是皇家园林，改建为公园已有几十年，其中景物似乎不曾变过。此时天色灰暗如铅，古园幽寂，他可能是唯一的游客。他选了一条捷径，抓着扶栏登上一座小山，再顺一条老旧的廊道向下走。山下冰封的湖面仿若圆镜，雪光阴柔，一片空茫。

可算到家了，他打开灯，大衣也没脱便从兜里取出那封信，站在门厅小心地拆开封口，将信抽出，只有一张薄薄的纸，展开来看，上面写着一行规整的字，是他父亲的笔迹：

　　你讲的事情很有意思，再见了，儿子。

# 辞行

燥热的一天在入夜时迎来一场暴雨。我呆坐家中，无事可做，打开电视看了会儿新闻，多是对世界各处灾祸的报道。这些事件距我遥远，但临睡之际却觉隐隐不安，就这样在雨声中入梦。

一阵敲门声把我惊醒。我戴上眼镜，在黑暗中侧耳倾听，敲门声不高不低，不急不缓，却有着十足的穿透力。我轻轻起身，穿好衣裤，悄然走到门边，从门镜往外看，楼道一团黑，什么也看不到。

"开门吧，是我。"门外传来一个熟悉的声音，我马上反应过来：是杜松回来了。

我开了门，站在门口的黑影迈进屋内，开灯一看，是他没错。灯光下，只见他提着一把长柄黑伞，背了个超大的黑色旅行包，风尘仆仆，还蓄了胡子，显得苍老了许多。

"你旅行回来了?"我记得去年夏天,杜松告诉我们,他正准备一次周游世界的旅行,不久将要动身,此后便杳无音信,几次联系他也未得到回复。我和杜松曾是邻居,从小在一起玩儿,友谊延续了近三十年,所以在我看来,他刚一结束远游就来找我也并不奇怪。

"说来话长。"他把湿漉漉的伞随手立在门边,从肩上卸下背包,也不换鞋,走了几步便颓然坐倒在沙发上,闭起眼睛,像是长途跋涉后已然力竭。"周游世界可不是件轻松的事。"我这么想着,给杜松倒了杯水。

他接过杯子,仿佛自言自语地说:"我还没出发。"随即将水一饮而尽。

"什么意思?"我疑惑地问,拽过旁边的椅子坐下。

"那时候我告诉你们我要去周游世界,但没有去。本来已经做好了准备,可临行前,我背起行囊,环顾我的房间,忽然僵住了,像陷入泥潭一样无力自拔。那之后我一直躲在家里,过着与世隔绝的日子。不过我没放弃旅行的计划,我在积蓄力量,今天终于攒足力气,冲出了家门。我是来向你辞行的,这次估计要走很远,去很久。"

我不由再次打量杜松,他的面皮晒得黝黑,衣服像是经历几星期的奔波都没换过,裤脚严重磨损,一双鞋更是破烂不堪,粘满泥垢。

"你是从家过来的?"我忍不住问。

"对,是专程来找你的。离开这里以后,我会走一条一般人闻所未闻的路线。"说到这儿,他忽而变得目光炯炯。

"是怎样的路线?"

我刚一问出口,他便从外衣口袋内取出一张叠了几折的纸,展开后示意我凑近看。原来是一张皱巴巴的地图,灯光暗淡,上面的图像看不真切。我摘下眼镜用睡衣一角擦了擦,又重新戴好,定睛再看。这地图很怪异,原本该是陆地板块的部分,被标画为淡蓝色的海洋,本来是海洋的部分,则标画成了花花绿绿的陆地。

"我准备这么走,看,从这里起程,我会先去这座山,登上山顶的高台,接着要过一座很长的桥,然后下山,向西走,从这儿离境,有个港口可以搭船……"他用手指在地图上匆匆描画出一条路线,我跟不上他说的,也看不清他所指的。

我忽觉胸闷,站起身,拉开窗扇,一阵冷风裹挟着雨点袭入室内。雨声大作,楼下的路灯照亮了一道道倾斜划落的雨线。

"我们很难对这个世界感到陌生,不是说我们一开始就熟悉它,因为要想熟悉,就先得感到陌生。我们跟这个世界本来就是配套的。"他似乎在解释什么,同时将那张"地图"折好,收回口袋。

"对这个世界陌生到一定程度,人就会觉得到了'另一个'世界,而不再是'这个'世界,所以当你说'这个世界'的时候,已经默认了某种'不陌生'。"我说。

"有道理,全然陌生的世界就成了另一个世界。"

"将陌生感推向极限,会把我们带到另一个世界。"

"但在这个世界也有离奇的事，你不能说，离奇的事都发生在另一个世界。"

"这个中间地带很模糊，所谓离奇的事，可能既陌生又熟悉。"

"这次来向你辞行，就是为了一件离奇的事，它在我脑中挥之不去，无论如何要来请教。"杜松的声调、语气有了微妙的变化。

"什么事？"

"还记得那次在游乐园遇到的事吗？"

我不明所以，一脸茫然地望着杜松。此时，他周身仿佛裹着一层蓝色的烟雾。

"那我先帮你回忆一下，当时我们还是孩子，或者说'少年'，十二三岁。那是在盛夏，咱俩一起去了乌龙湖游乐园。"

"有点印象。"提到这座游乐园，我的右手食指不自主地动了动，我立即想起那里打靶用的电子枪漏电，每扣动一次扳机就会被电一下。

"那天热极了，太阳像是离我们很近，就快贴到脸上了。咱俩承受着暴晒，坚持玩儿了一个项目又一个项目。"

"那个岁数，谁也不会因为怕热就回家。"

"后来咱们走到一家冷饮店前，店门口站着个穿卡通人偶服装的人。"

"我记得，他穿的是一身卡通熊的服装，戴着大头套，身上毛茸茸的。"

"细想起来，他的形象并不那么卡通。"

"细节已经记不清了。"

"那家伙突然倒下了，大热的天穿成那样，很可能是中暑了。人群聚拢过去，咱们也在其中。有个小伙子从店里跑出来，急忙把那人的头套摘下来，此时还没什么异样。之后，小伙子想把那身'服装'也脱下来，却怎么也脱不掉。"

"接着，我们发现，那个人并没有穿衣服，他身上的毛皮是天生的，与他的头部自然连接，根本找不到接缝。"

"你能回忆起来太好了。"

"那个怪物满脸皱纹，就像一个老人。他热晕了，或者是什么急症发作，闭着眼，奄奄一息。过了一会儿,他的眼睛睁开了,望着围上来的人。"

"这时那个帮他摘掉头套的小伙子已经跑开,大概是去报警了,其他人不敢靠他太近。他的嘴唇在动,像在说着什么,声音太小,谁也听不清楚。我被吓傻了,一动不动地站着,你很勇敢,冷静地走到他近旁,蹲下身,耳朵凑向他唇边,听到了他讲的话。"

"我这么做了?"

"是的,你这么做了。可那以后,无论我怎么央求,你就是不告诉我那个怪物究竟说了什么。"

"还有这种事?"

"你好像掌握了什么秘密。"

"绝对没有。"

"那现在你可以告诉我了吗?我这就要起程了,不知什么时候能再见面。"

"没想到这事对你这么重要,过去太久了,我早忘了那个怪物说了什么。"

"以前我也没察觉自己竟然有这样一个摆脱不掉的执念。请好好想想,要是得不到答案,我是没法安心去旅行的。"

如此一句跟一句的对话似乎进行了许久，但又像是密集地发生在一瞬间。我闭上双眼，努力回忆。

"这么离奇的经历，我怎么会记不清楚？"

"就像你刚才说的，这种奇遇可能被你当作另一个世界发生的事或者一个梦了。"

"当时我蹲下，凑过去……确实听到了一句话，但我为什么不告诉你？不是因为他讲了什么秘密，我不是那种喜欢守着秘密卖关子的人，最有可能的是，我完全没听懂那句话的意思。在那个年纪，我好像没法转述一句自己不理解的话。"这么说着说着，那句话渐渐从时间的深渊中浮现出来，只是不太真实，实际上，我难以确定它是来自记忆还是幻想。

"现在不管是否理解，你都已经能复述了。"杜松说。

"'热带雨林中正下着银色的雨。'对，他小声念叨的就是这句。"

"热带雨林中正下着银色的雨。"杜松重复了一遍，而后起身，拎起背包扛上肩头。

"这就可以了？"我看着他，仍是一头雾水。

"可以了，知道说的是什么就踏实了。谢谢你。"他走到门口，一手拿伞，一手按下门把手，推开门。

"现在出发？"我走过去，算是告别。

"对，后面的路还很长。再见。"他头也没回便出去了，随手将门带上。

我屏住呼吸，再次从门镜向外看去——依然黑洞洞的——楼道的感应灯肯定是坏了。我转回身，疾步来到窗边，侧身张望，雨还在下，路灯明亮，洒落的光像白色鳞片般在泥泞中闪动。过了许久，我仍未看到杜松离去的身影。

# 断

"您能别再循环放这首歌了吗？"

"这是首老歌，我把音量调得很低了。"

"和音量没关系，是节奏感太强，就像某种咒语钻进了我的脑子，可能很久挥之不去。"

"你说话文绉绉的。好吧，那就关掉。"

"谢谢。"

"看看这天，马上要下雪了，这么险的山路，要不是遇上我，恐怕没人愿意拉你跑这一趟。"

"是啊，我挺幸运。"

"天寒地冻的，去那个小山村做什么？"

"看病。听说村子里住着个老大夫，医术高超，能治我的怪病。"

"那儿是有个怪老头，专门营造幻景给人治病，他是个巫医，不是什么正经大夫。能告诉我是什么病吗?"

"您好奇心很重。"

"要是不聊点什么,我怕会犯困,连人带车冲下山谷。"

"那我就讲讲吧。大约一年前,也是在冬季,我和朋友在街上闲逛,边走边聊天。我现在还记得,当时朋友正给我讲一个灵异事件:一天夜里,有个男人坐上一辆出租车,之后司机跟他说了些什么。就在朋友讲到一半时,忽然有双手捂住了我的两只耳朵。我的第一反应是去抓,却抓了个空,是幻觉?但能感到那双手越捂越紧,直到我听不见一点声音。我惊愕地张着嘴,看着朋友。他看出不对劲儿,大声向我说着什么,可我听不到。正在慌乱,那双手撤开了,我又能听见了。我跟朋友讲了刚刚的状况,他说我大概是受了寒。既然已经好了,我也没太当回事。但这只是第一次发病。后来发展到一周左右发作一次,再后来越来越频繁,现在每天都会来上几次,有时被捂住很长时间,有时只被捂一小会儿。我跑了很多家医院也没查出个所以然。"

"你是说有一双手捂住了耳朵?"

"对,一双冰冷的手,捂久了会有两股寒气灌入耳洞,再从耳道钻进脑袋里面。每当耳朵被捂住,我的时间也像被切断了。"

"能感觉到那是一双手,包括手掌、手指?"

"对。我的耳朵是被手掌心捂住的,同时后脑勺、颈部能切实感到手指的按压。"

"那双手是从哪个方向伸过来的,比如大拇指是在耳朵前方还是后方?"

"每一次都是手掌在上,大拇指在下贴着颈动脉,其他手指并拢按在后脑勺上。"

"让我想想,这就更奇怪了,照这样的方向和位置看,不是另一个人从前面或者后面捂住了你的耳朵,除非这个人悬空、倒立、面朝和你相反的方向。"

"我明白您的意思,最简单、自然的设想是,那就像是我捂住了自己的耳朵。可我的两只手听我使唤,我知道不是它们干的。"

"我猜你另有一双看不见的手,遇到不想听的就去捂耳朵。"

"您很会分析，但据我观察，并没有规律，很多次是在我急切想听下文时突然被打断的。"

"活到这把年纪，我还是头一回听说这种事。"

"我也没查到相似的病例。"

此时下雪了，一个白色的梦切入晦暗的风景——雪片扑打着挡风玻璃，车子突破重重雪幕在山道上奔驰，继续驶向那座沉眠于深谷的村庄。

"说来蹊跷，在这条路上跑常能遇到怪怪的家伙。"

"我不是怪人，只是得了怪病。"

"也对，不能把你和他们混为一谈。有一次，在半道上，有个人躺在地上，我差点从他身上轧过去，还好刹车及时，吓出一身冷汗。我下车过去一看，原来那人睡着了。哎哟，怎么会在这种地方睡觉？我把他摇醒，扶他上了车。刚开出没多远，他猛地探身抢我方向盘，在这么险的路上！我问他干什么?！他说他要报恩，替我开车，正在我……你说这个结局是不是很诡异？"

"诡异。"

"还有一次,一男一女坐在后排座上,这回更邪乎,那个女的……男的自己下车了……后来我……喂,喂喂,你是不是犯病了?"

"那双手又来了,不过请您接着讲,感觉会好一点,讲着、讲着,我的时间就又续上了。"

"你一犯病模样都变了,看着起码老了二十岁。咱们离那村子不远了,给你讲最后一个故事吧,是你的耳朵让我想起这事的。那时我还是个孩子,住在一个小村子里。有一天,村中冒出一个又瘦又矮的陌生男孩,他不爱说话,总是独自站在角落里观察动静。他有一双大眼睛,黑白分明,盯着你看的时候挺吓人。我们这些村里的孩子瞅他不顺眼,想教训他一下。几个大孩子把他围在中间,轮流踢他。他不怕,虽然被痛揍了一顿,但丝毫没有服软的意思。我们自觉理亏,也不再招惹他。等混熟以后,他跟我们吹牛,说自己是狮子变的。我们只当笑话听。那年冬天冷极了,一天夜里下着大雪,一头熊闯进了村子。这熊本该冬眠的,但是它没睡,也可能是饿醒了，在到处找吃的。我这辈子再没见过那么大的熊……"

"请把故事讲完。"

"当时，不知为什么，村里的男人都不在，兴许是出去躲债了，只剩下女人和小孩。村里的狗冲上去围着熊拼命叫，熊没把它们放在眼里，继续往前走。我们这些孩子全扒着窗口看，既害怕又兴奋。正在这时，那个又瘦又矮的小子出现了，他顺着村里唯一的大路朝那头熊走去，熊一发觉就狂躁起来。我们还没明白过来，就听……狗都死了，一条没剩，都被吓死了。那熊逃得无影无踪，天暖和以后，几个猎人在山顶一个洞里发现了它的尸体，身上没有别的伤，只是从耳朵里流出好多血，把皮毛……它们可不像人一样能马上捂住耳朵。但是我也有好长一段时间听不见声音……直到今天……"

# 范都尼

从喧杂、滞闷的大都会来到这座海滨城市,我们顿感得到了释放。但在机场,我们中的一个,也就是米新,似乎遇到了小小的不愉快,在走向海边的路上,他向我们说起了这件小事。

"在机场的时候,一个金发小子一直盯着咱们看。他很壮,但没我壮,穿个白色小背心,胳膊上有很丑的文身。我发现了,就转过头盯着他。不过我没说什么,目光平静。像我这么壮的人,平静地盯着一个人就能把他震住。但那个金发小子不怕我。可能他自认为有两下子,他朝我笑,不知在笑什么。我当时就想过去揍他,又一想,好不容易来度假,还是别惹事儿了,人生地不熟的,忍了吧。"

"你做得对,应该忍。"说话的是阿力,是他把我们召集来的。他说这里有一片非常美的海滩,而且游人稀少。现在他是我们的向导。我们跟着阿力，我们都知道，阿力是个厉害角色，却从不轻易出手。还有，他也染了一头金发，在炽烈的阳光下，乍一看白晃晃的。

"我已经一年多没跟人动手了，"马华说，"不是怕什么，是没那种激情了，你们明白吗？有时候我瞅见路边有人打架，会觉得好笑，有一次我笑得肚子疼，捂住肚子蹲到了地上。结果，那俩干架的哥儿们急了，冲过来问我笑什么?! 我只好说我没笑，胃疼。"

"咱们都到岁数了。"大龙笑着说。这是个身高超过一米九的巨人。

"是啊，老了。"马华挠挠头。

"说起打架，我昨天夜里做了个梦，可能是出发前太兴奋了……"徐池说。他总是一副恍恍惚惚的样子。

"什么梦?"米新说。

"梦都是有含义的。虽然一时无从把握。"徐池想卖关子，但这次说完，没人再搭茬儿了，停顿片刻,他只好自己接着往下讲。

"我梦见咱们到了一座海滨城市,就像这里,"他左右看看,点点头,"住进一家海滨旅馆,一座两三层高的小楼,可以看到沙滩和大海。天黑了,有人在海边点起篝火,有人在唱歌,我在一瓶接一瓶喝啤酒。这时,海滩那边发生了骚乱,我听到喊声,男人、女人都在大呼小叫。接着,旅馆被包围了。我来到二楼一个房间,从窗口看着黑压压的人群聚过来。那'窗口'没有窗扇,是个水泥方框,像是还没装修完成。有人告诉我,我的同伴惹上大麻烦了。下面的人很猛,从外墙直接爬上来,从窗口闯进了房间。但我这时已经从房间脱身,冲出了包围。我没去寻找同伴,好像已经忘了还有同伴。我跑啊跑,有人在后面紧追不舍。我来到一个小区,静悄悄的,但我知道并没甩掉追兵。我跑进一座高楼。从这儿开始就是一个我经常梦到的情境了,很熟悉,我在电梯里,电梯向上升,升啊升,后来变成了过山车。"

徐池讲完他的梦,无人回应。我们继续朝海边走,柔风吹拂,带来海的气息。晴空中悬浮着一朵拳套形状的云。

"还有多远?"跟在后面,一直沉默不语的花斑问。

"再走几步路就能看到海了。"阿力在前面高声说。

花斑是我们这些人里最能打的,但对打架的话题一贯保持缄默,像在回避什么。他遍体伤疤,所以才叫"花斑"。这家伙有不少秘密。

时近正午,我们看到了大海,一片浩瀚的碧蓝。就在此时,我听到一声吼叫,像是虎啸,从海的方向传来。但海里不可能有老虎,大概是轮船发出的汽笛声。我举目望去,却不见船的影子。沙滩上,只有我们几个。

我忽然感到一股活力,狂暴的活力,流遍全身,忍不住朝大海奔去。其他人一定也和我有一样的感受,只见阿力冲到了最前面,金发闪着光,他边跑边甩去鞋子,脱掉衣服。米新紧跟上去,后面是马华和徐池,我的脚踏入了海水,清凉的海水。花斑此时从我身侧超过去,速度很快,只听"扑通"一声,他游了出去。"浪好大!"大龙重重地拍了一下我的肩膀,而后,庞大的身形沉稳地没入海中。

我以为自己也能游两下,很多年前我曾在游泳池里游过两下,但我想错了。我的身体失去了平衡,猛地向下沉。我挣扎着想站起来,却踩不到底。我想喊叫,却发不出声音,苦涩的海水灌进了嘴里。

我醒来时,已躺在沙滩上。有人跪坐在我旁边,有人站在不远处看着我。

"你吓死我们了。"

"不会游泳还往海里冲,想自杀吗?"

"幸亏我发现了,不然这家伙……"

我的目光扫过这些面孔,认清了他们,阿力、米新、马华、大龙、徐池、花斑……范都尼呢? 范都尼怎么没在? 他还在海里!

我一跃而起,"范都尼呢?! 范都尼!"我朝他们喊着,向海中望去——只见层层海浪翻涌。

"我们都在这儿,你瞎喊什么呢?"

"这家伙受惊了。"

"不会游泳的只有你一个！"

他们笑起来。

天空倏尔暗了，是一朵云遮住了太阳，没过一会儿，我们又暴露在猛烈的日光下。

黄昏时分，我们坐在旅舍宽敞的露台上，一瓶接一瓶喝着啤酒，此地的啤酒瓶比之别处的要大一号。不远处，沙滩、大海已罩上一层柔和光晕。

"你知道现在什么最值钱吗？"这是马华在说话。

"血性。"米新叼着烟，已有几分醉意。

"沙子最值钱，世界各地都在大兴土木，沙子不够用，价格越抬越高。"

"沙漠里不都是沙子？"

"运费高啊，没法从沙漠往外运，现在只能人工制沙。"

徐池站在露台边缘，注视着海滩。

"你喊的那个人是谁啊？很怪的名字……"阿力忽然问我。他可能一直在暗中观察我。

"对不起。"我说。

"有什么好道歉的……"他仰起头,灌了一大口啤酒。

这时,我看到几个赤裸上身的金发少年在沙滩上燃起了篝火。

# 火

洛斯基被囚于监狱塔楼的顶层。监狱建在一座海岛上，岛很小，洛斯基却无法透过牢房的窗口望见海，这令他气恼。映入眼帘的，永远是一片铺天盖地的荒草，草地像是海的延伸，汲取了海的狂暴，茂盛、潮热，深不可测。

"只要跳进这片草海，就没人能再找到我。"洛斯基常这么想。他听狱警聊天得知，在监狱外，岛上仅有一户人家，户主是个极为富有的鳏夫，避世隐居此地。许多年来洛斯基都在谋划，或说想象，逃出牢笼，挟持这个富翁，然后逃离这座孤岛。但是根本没有机会，狱警看管很严。典狱长知道，洛斯基曾经非常强壮、非常危险。他们关押他，就像将一株生命力极其旺盛的植物栽种在一个小土盆里，不给它浇水，看着它活活枯死。

而今，洛斯基形容枯槁、虚弱不堪，一双巨手已萎缩如鸟爪，唯有一头金发依然闪闪发光。

囚室外，草海在风掠过时泛起波澜，隐约罩上一层湖绿色的微光。越过草海，一座色调灰暗的宅院浮现出来，这便是那位富有的隐居者的家。此人名叫优人，妻子过世后，他携幼子迁居小岛，从此再未离开。

在优人看来，周遭一切全是灰蒙蒙的，日复一日饱经风、光、雾的侵蚀，这样的环境令他满意。此时已将入夜，他准备开始每日一遭的漫长散步。他先来到儿子的卧室。床上躺着一位瘦弱的少年，面色苍白，生着一头卷曲的金发。少年正发着低烧。

"好点了吗？"优人问。

"好多了。"少年答道。

"我要去散步了。"

"请他们不要把院子里的灯火灭掉。"

"好的，放心吧。"

优人离去后，少年很快睡着了。他梦见父亲带着四五个男仆向草海走去……这些年来，他们已经在草海中开出了几条绵长的小径。优人肩背一支黑色猎枪,仆人们拿着砍刀和马灯,像一小队巡逻兵穿行于一人高的荒草间。这时梦中的画面变了,出现了另一名男子的身影,他正从一座塔楼跃下。少年随着梦中的转折产生了失重体验,而后是轻微的刺痛。

那男子,好像正是少年自己,在荒草中奋力前行。他知道前方有一条小径,那是优人散步的路径,同时他又从侧面看到一个一头金发、衣衫褴褛的人在用手扒开眼前的野草。他能感到潮湿的草叶散发着浓烈的腥气。

他意识到他想逃出这座小岛。他将胁迫优人带他离开。这么想着,他发觉手中多了一把锋利的匕首。

优人有七名男仆,他留下两个看守宅院,其余的随同他去草海中散步。他背着猎枪,仆人提着马灯,握着砍刀,一行人一脚深一脚浅地走着。今天,他想着手开辟一条新的岔道。好不容易开出的路径,几天不走便会被野草湮没,但优人并不觉得可惜,他需要尽可能将自身过剩的精力发泄干净。

　　他们渐渐深入由荒草构成的灰绿色迷宫的中心,这片灰绿色在一些地方浅淡,在另一些地方浓重,当浓重至极,便转化为乌黑,一团团犹如大大小小的旋涡。忽然,在前方巨大的黑色旋涡中冒出一头猛兽——老虎。

　　在最前方开路的仆人猛然跳开。老虎直面优人。在它将要腾起前半秒,猎枪响了——这个金色的魔物,老虎,被优人击毁。

　　在查看老虎尸体时,惊魂未定的仆人不停念叨着:"怎么会有老虎? 这地方怎么会有老虎?"优人却生出更深的恐惧,这恐惧不能以"后怕"解释,他不由暗忖,当老虎现身那一刻,自己多半已迈入了魔道。

　　优人想让仆人将虎尸抬到尽量远些的地方。他记起,穿过草地,在监狱附近有一片开阔的沙滩,便吩咐他们在那里将老虎烧掉。随后他独自走开了。仆人们看着优人的身影隐没在荒草间,回过身准备干活。

"我们得找一条路去沙滩。"

"活见鬼！"

"在路上多捡些枯草。"

"这地方怎么会有老虎？"

监狱里，夜巡的狱警听到一阵激烈的响动从洛斯基的牢房传出。他们跑过去，发现洛斯基蜷缩在地，一动不动。等典狱长赶来时，狱医已经在那里了，他告诉典狱长，洛斯基死了，死于心力衰竭。典狱长的脸上浮现出浅浅的冷笑，他命令狱警立即将洛斯基火葬，骨灰撒入大海。

两名狱警取来一副担架，将尸体放上去，一前一后抬起，走向监狱门口。另有三名狱警提着灯跟上来，担任护卫和助手，一同朝监狱左近的沙滩走去。不久，他们望见了海边耀眼的光芒，那里正燃着熊熊烈火。

"你们在烧什么？"走近后，一名狱警吃惊地问。

"老虎。"一个仆人回答。

"哪来的老虎？"

"在草海里遇上的，主人开枪打死了它。"

"草海里真是什么都有！"

"你们来做什么？"

"处理一个囚犯的尸体，正好借一下你们的火。"

说完，两名狱警便将洛斯基枯干的身躯抛入了正将老虎化为灰烬的火柱。火焰被压了下去，之后又蹿起来，火舌狂舞，驱散了从海上飘来的白雾。

"要起风了。"一位年老的仆人喃喃地说。无人留意他的预言。

少年从梦中惊醒，随即发现优人正坐在床边的木椅上，那支黑色猎枪靠墙立着。只有少年知道，父亲是个多么阴郁、狂暴的人。

"做噩梦了？我看你满脸是汗。"优人在暗处，语声低沉。

"是的，我梦见草海着火了，整座岛火光冲天，如同地狱。"

"那可能正是你希望的。"优人说完，缓缓起身，提上猎枪，迈着疲惫的步子走出了这郁热的房间。

第五部分

# 隐者

居于城市,烦躁不安的日子令人不堪忍受,正当我快要发疯时,不经意间看到一则招聘启事,有人想聘用一名保安,对学历无要求,待遇优厚,只不过工作地点极为偏僻。这最后一点却正合我意,于是立即动身前去应聘,在路上我就有一种预感:那边已经为我准备好了一切。果然,不久之后我通过了面试。雇主名叫博泽,是一位温和的中年绅士,实际上,他仅打量了我片刻,与我谈定了报酬,就让我留下了。

不夸张地说,我来到了一处与世隔绝的地方,放眼望去,仅见荒山与荒野。我的办公室兼宿舍是一座铁皮小屋,靠近一长排差不多已被野草淹没的铁栅栏。栅栏东倒西歪,象征性地围出一片广阔的地盘。我的任务便是在这块领地上巡逻,阻止不明身份之人或是野兽侵入。我的工作伙伴是四条健硕的比特犬,它们有着无尽的活力,时刻准备投入最野蛮的战斗。

说来不可思议,在这样的环境中,居所内却配备了现代化的水电设施,我不知道博泽先生是如何做到的,暗自揣度,他必定是位隐居世外的富翁,斥巨资对此地做过隐蔽的改造。

过了一周,我才大略摸清自己巡逻区域的情况:我们的东、南、北三面皆设有围栏,西面则以一座高耸的荒山作为天然屏障。我的小屋位于这块隐居之地的东侧边缘,靠近大门,起到传达室的作用。虽说有一道大门,但栅栏内外的草都有半人高,不走到近前根本不会发现那是入口。

博泽先生的居所靠近西边山脚,外形是极为规则的白色长方体。室内灯光终日不灭,在夜晚,整栋房屋就成了一个白色发光物。可能博泽先生睡觉时从不熄灯,也可能他从来不睡觉。

在我的铁皮屋与博泽先生的住处之间有一条小河,河水浑浊,水里的鱼不少,日后我常去垂钓。

河上架有一座简易的木桥。向我交代完工作内容，博泽先生便过桥返回他的住处去了，那以后我几乎没见他到桥这边来。但每隔一段时间，我便要到他那边去一趟，将累积下来的生活垃圾倒入一个巨大的垃圾坑，然后领取下一阶段的物资，主要是粮食、罐头食品、卫生纸和杀虫药。

有一次，我在垃圾坑边遇到了博泽先生，在荒野中，他仍穿着笔挺的正装。他没有雇用人，凡事亲力亲为。

"这个坑过多久清理一回？"我看着坑底堆积的空罐头盒，忍不住问。

"不用清理，不等坑填满，咱们就会离开这地方。"博泽先生轻描淡写地说。

"我们会离开这儿？"

"当然，难道你想住一辈子？"

这话惊醒了我的美梦，令我陷入深深的失望，我本以为找到了一份长久工作，没想到有朝一日还得回城里去。

"这些垃圾是我们与现实间的一条纽带。"他留下这句话,转身离开了。

　　垃圾是博泽先生连接现实的一条纽带,而我大概是另一条,在他的设想中,我应该是一个可以将他拉向世俗生活的人,但出乎其意料,我更强烈地向往投身于这片荒芜之地。

　　荒野中的安保工作过于轻松,本以为会有熊或狼出没,但过了很久,我连一只黄鼠狼都没瞧见。比特犬的精力无处宣泄,我只能带领它们与老鼠作战。白天的时间在光影斑驳的草叶间悄然流逝,在那些燥热的夜晚会响起近于白噪音的虫鸣声,博泽先生那座房子的灯光更反衬出周围空间的幽暗。没有事件发生,百日重叠在一起,恍如一日。

　　只有一次,在夜间巡逻时,几条狗好像发现了什么可疑迹象,同时朝一个方向飞奔而去。我跟着跑过去,起初听到几声狂吠,但很快便没了声音。等我找到它们时,只见四张狗脸都显出一种茫然的神情。之后好几天,这些狗的情绪都很低落。我向博泽先生报告了此事,他笑了笑,未置一词。

　　此地的冬天极其寒冷,这曾是我唯一的苦恼,在严寒中，大部分时间只能躲在室内，常会感到百无聊赖。不过这个问题在第二年冬季解决了。在重新布置家具时，我移动了衣柜，发现那下面躺着一本薄薄的书，捡起来看，白色封面上仅三个黑字："箴言集"，随手翻开一页，读了几段，其中新奇的思想便抓住了我。漫漫冬日，或坐或卧间，我把它读了好几遍。从外观看，这不过是一本印制粗糙的小册子，连作者署名都没有，但我确信，此书必是出自某位天才之手。

再次见到博泽先生时，我提到了这个发现。

"您能看懂这本书？"他不客气地问。

"不敢说完全读懂了，但能明白大概意思。我上学时主修的是哲学。"

"结果您来做了保安？"

"保安的工作挺适合学哲学的人。"

"您学的是哪种'哲学'？"

"道德哲学，我的毕业论文是关于理查德·黑尔的道德语言。"

"那是分析哲学的路数。我也对哲学有兴趣，不过我偏好的是从体验出发的哲学,而不是局限于概念和逻辑。"

"您讲的'体验'是指什么?"

"形而上的体验,或者一种神秘、晦暗的经验。"

"我理解您的意思,我也有过这类体验,但我更想达到'确实性',而不是玄而又玄的东西。"

"可您却正在研读《箴言集》。"

"在我看来,它实现了神秘性与确实性的统一,这正是令人叹服之处。"

听了我的评价,博泽先生点点头,像是在考虑什么。

"那本书是您的?"

"是的,我有许多本,散落在各个住过的地方。"

"您知道书的作者是谁吗?"

"不仅知道,还很熟,作者是我的老师。"

我惊讶地看着博泽先生。

"他叫康谛永,适当的时候我会介绍你们认识。"

我说了几句感谢的话,便与博泽先生分手了。

那时在我看来,他不过说说而已,康谛永这样的天才人物距离我自然是很遥远的。

到了第三年的深冬,一天下午,我正蛰伏在热烘烘的铁皮屋中,翻阅着《箴言集》,忽然响起敲门声,把我吓了一跳,但随即想到,狗没有叫,应该是熟人。我打开门,是博泽先生,这是他第一次主动来找我。他站在寒风中,脸冻得通红,却没有进屋的意思。

"您现在有空吗?"博泽先生有些焦躁。

"当然了。"我望着他,不知是何情况。

"想不想跟我一起去拜访康谛永老师?"

"您是说现在?"

"对,马上。"

"我得收拾一下行李。"

"穿厚实点就可以出发了,他住得不远。"

这话让我吃了一惊,随即感到有些紧张,急忙返回房间换好衣服。几分钟后,我们已经并肩走在荒野小道上。天空阴沉,枯草在风中狂乱地晃动,四外一片荒寂。走过木桥,经过永远亮着灯的房子,我们向西面那座荒山行进。

途中,博泽先生告诉我,康谛永老师才是这片土地的主人,我真正的老板,那四条比特犬也是他亲手养大的,目前他就隐居于山中。博泽先生是其忠实的追随者和护卫,不过他们也有三年未曾会面了。

我们顺一道缓坡上山,博泽先生不再说什么,只有阴冷的山风在耳畔响着,我不由生出朝圣般的心境。走到半山腰时,眼前出现一个圆形洞口。博泽先生径自走进去,我跟在后面,因一丝胆怯放缓了脚步。

这洞很深,越往里走越觉开阔。石壁上装有长长两排壁灯,虽然灯光暗淡,却也能让人看清通道。洞内一点也不冷,看来此处也曾经过改造,有配套的供电、供暖装置。通道的尽头是一扇精致的木门,想必这门后便是康谛永老师的房间。

博泽先生走到门前,轻轻敲了几下,提高声音说:"老师,是我。"

"请进。"一个低沉的男声传出。

不知何故,博泽先生显出诧异的神情,随后推门迈入室内,并示意我跟上。这个房间没有灯光,可以看到门对面的石壁上开出了一扇大玻璃窗,自然光从窗口透入,但是此时天色昏暗,光线严重不足,我什么也看不真切。康谛永老师坐在窗边一把椅子上,侧着身,几乎是背对我们。

"老师,按照约定,我今天来接您下山。"博泽先生的语气很恭敬。

"那是谁?"康谛永老师问道,却仍未转过脸来。

"这位是我雇的保安,以前学过哲学,读了《箴言集》后,对老师十分仰慕,所以这次我把他也带来了。"

"康谛永老师,您好,我叫……"我赶紧做自我介绍。

但那个坐在暗处的人用力摆摆手,我立即住了口。

"博泽,你还记得我为什么要来这里隐居吗?"康谛永老师又发问了。

"当时您说要降服潜藏在心中的一股无名的力

量。"博泽先生说。

"后来我给它起了个名字,叫'内心之鬼'。"

"内心之鬼?"

"对,经过这些年日日夜夜的苦斗,我终于把它消灭了。"

"太好了!"博泽先生像是松了一口气。

"真消灭了吗?"康谛永老师突然发出了与之前截然不同的声音,那是一个极其尖细、锐利的怪声。

我被吓得退了一步,从一旁望向博泽先生,他的脸色已变得煞白。

"老师,您还好吧?"博泽先生的话音有些发颤。

"是还没有消灭,对不起、对不起,我刚才说大话了,内心之鬼依然存在,不过我一直在和它搏斗。"康谛永老师恢复了低沉的声音。

"别自欺欺人了,康谛永这家伙自暴自弃,已经完全接受了内心之鬼。"那尖细的声音再次响起。

"每个人都逃脱不了这样的宿命,我接受它的存在也无可厚非。"这次又是低沉的声音。

"但并不是每个人都像康谛永这么能狡辩。"尖细的声音针锋相对。

"什么狡辩？我是在为全人类辩护。"低沉的声音充满怒意，却又缺乏底气。

"全人类？太可笑了，康谛永关心的无时无刻不是他自己！"说完此话，尖细的声音忽而化为一阵狞笑，那个低沉的声音却成了断断续续的哀嚎。

我与博泽先生不约而同地退出房间，之后像逃跑一般朝洞口疾步走去。洞内的通道仿佛被拉长了，我感觉走了许久才来到洞口。外面不知何时下起雪来，雪片纷飞，从洞内望去，犹如一群白鸟狂舞着交织在一处。

在下山的路上，博泽先生的脚步逐渐恢复了沉稳。

"老师的声音完全变了，不知道刚才说话的究竟哪个是他，哪个是'内心之鬼'？"他思索着。

"你的意思是，可能那个尖细的怪声才是发自他的真心？"

"只能说，那个声音讲出的更像实话。"

"我宁愿相信康谛永仅仅是《箴言集》的作者，

这才是实质性的,和那两个声音都没有关系。"

"不管怎样,短期内我们是无法离开这地方了。"博泽先生低声说。

我默不作声,雪片扑面而来,眼睛只能睁开一道缝,刮过荒地的风与雪融成一片混沌的白色。山下,那座长方体房子静立着,透过雪幕放射出光芒。

"你没问题吧?"博泽先生试探着问。

"没问题。"我装作考虑了一下,才如此答道。

接近山脚时,博泽先生站住了。我跟着收住脚步。他那样子疲惫、颓丧,头发上和眉梢沾满了雪,双眼已被噩梦填满,却仍不失绅士派头。

"不存在什么内心之鬼,只有一个人在那里。"他很确定地说。

# 体

除了偶尔心脏不适,他从未发觉自己的身体有什么问题。他想他会度过平凡而漫长的一生。正因足够平凡,他才能处变不惊,一些看似严重的事,实质上都与他关系不大。平凡如一件隐身衣,让他躲过众人的目光,从而躲过目光中隐藏的险恶,躲过种种灾祸。

作为一个平凡的人,他很安静,尤其是在使人活力下降的冬季。一个寒冷的星期日午后,他漫步在动物园中。老虎在睡觉,猴子在发呆,猩猩在沉思,蛇一动不动,大象缓慢地挪着步子……游客不算多,大人带着孩子,对动物指指点点,说些傻话。一切都那么平和、安稳。在观看一只大鹦鹉时,突然,他感到自己的右手脱离了身体,滑落在地上,同时他真切地听到某个东西碰撞地面的声音。他的心"咯噔"一下，一阵狂跳。过了几秒钟，他尽力定下神，看了一眼自己的右手，还在，连在手臂上，脱落的感觉是幻觉。然后他低头去看掉落的东西，那是一只手，斜躺在地上。

他俯下身，小心地拾起那只手，一只右手，冷冰冰的。这时他才想起身边还有其他游客，他四下扫视，一对情侣正并肩看鹦鹉，一个小男孩试图吓唬鹦鹉，但鹦鹉毫无反应，不远处的长椅上，一对老夫妇在晒太阳，大概是小男孩的家长。他们都没有注意到所发生的事。他把这只手塞进大衣兜，快步走开了。

行至无人处，他把它拽出来细看。这东西并非一只真正的手，他长舒一口气，它不是肉质的，是用什么材料制成的很难判断，它接近橡胶制品，但更柔韧、有弹性，手指可以自然弯曲。最奇怪的是，经比较，这只假手的掌纹与他的右手掌纹完全吻合。

他仓皇逃回家中。把假手放在书桌上，给自己倒了杯水，喝了两口之后，他坐下来再次观察——它就像他右手的高仿品。它从何而来？他回忆着右手脱落那一刻的幻觉，那猛然失落了身体一部分的体验，如此真切、强烈。无论如何，这东西肯定与他的身体有某种关联。

他思索良久，茫无头绪，决定先将假手处理掉。直接扔进垃圾桶？他不放心。天黑后，他带上假手出了门，在寒风中漫无目标地走着。穿过几条街，他发现一片荒废的工地，这地方野草枯黄，遍布碎石瓦砾，还隆起几个小土坡。他走进去，东瞧瞧、西看看，不久便发现一口废井，他把假手扔了进去。

离开时，他轻松多了。回到家，他陷在沙发里，又觉得哪里不太对劲。他伸出右手，凝视它，捕捉细微的体感，他得出结论："这只手变轻了。"他找出体重秤，站上去，67.4公斤，和几天前没有明显差异。但感觉是轻了……可能失去的重量微乎其微吧。他努力不再去想这件事。

一个月后，他几乎淡忘此事。冬季尚未过去，仍然很冷，这一天还下起了大雪。他坐在地铁车厢里，周围挤满散发着湿气的人。他低头看书，尽量逃避环境带来的不适。当列车进站时，会有一下轻微的震颤,总是这样,而这一次,这下震颤导致了可怕的后果:他感到自己的脑壳,从两边耳部往上的一大块,脱落了,从右侧肩膀滑下去,头顶一阵清凉。他惊呼出来。

他机械地去捡掉落的东西,摸到了头发,感到一阵恶心,但他还是把它抓起来。他用另一只手摸摸自己头顶,还好,脑壳仍在。他不去看身边的人群,将那东西塞进挎包,然后假装继续看书。周围人没有任何反应,他们可能什么也没看见,或者有人看到了,但不明白是怎么回事,或许以为是他的假发套掉了。

走出地铁站时,他已恢复从容,在雪地上艰难行进,冷空气让他更加冷静、清醒。他知道怪事再一次发生了,虽然怪,但只要稳住,就不会带来什么灾害。他直接来到那片废弃的工地,此时这里已被白雪覆盖,愈显荒凉、空寂。他找到那口井,没多看一眼就把假脑壳丢了下去。

他感到脑壳清凉,就像刚摘下一顶戴了很久的帽子,除此之外,一切正常。夜里,他失眠了,爬起身站到窗前，只见路灯昏黄，照亮了纷飞的雪片。他想，现在，那口井大概已经被雪填满了。但是雪迟早会融化的。

他和他的女友在一家餐厅用餐。此时已是春天，窗外一派明媚的春光。女友在想什么心事，封闭在自己的世界里。他也一言不发，默默吃着。这时他感到从左右眼眶内先后坠落了两个物体，眼前黑了一下，随即恢复正常。"又来了。"他想，快速瞟了女友一眼。她的视线正投向窗外，完全没注意他的状况。

那两个东西，一个落在餐桌上，另一个落在盘子里，是两只"眼球"。他拿起桌上的那个，软软的、滑溜溜，他将它放进衣兜，又用三根手指提起盘子里的眼球，用餐巾轻轻擦拭一番，放进另一边的衣兜。

这时，女友收回了目光，转向他。

"怎么了？"她问。

"没什么。"他对她笑笑。

"哦。"她没再说什么。

这一次他并未急于将两只假眼球丢掉，而是放在家中观察了很久，脑中逐渐形成一种解释。他从抽屉中翻出一个旧笔记本，用铅笔在空白页写下这么一句："这也许是一种真实与幻觉混合而成的固体组织。"是的，真实与幻觉可能并非泾渭分明，而是存在一个处于中间的过渡带，在这个区域会发生种种奇事，诞生众多古怪事物。

对他来说，这有点玄乎，思考就此打住。他拿上假眼球，这对儿真实与幻觉的混合体，冒着蒙蒙细雨，再次造访了那口废井。

那以后，他对这类事有了心理准备，不再慌张，甚而不再感到意外。他会在笔记本上记录掉落的"零部件"，左耳、槽牙、舌头、左手、左脚、右臂……从未发生重复。

他去做了一次体检，没查出什么问题。从体检中心出来，穿过附近一座公园时，他心血来潮，去坐了回过山车，想看看那类东西是否会因剧烈运动从他的身上被甩出来。结果什么也未掉落。看来，这些零部件何时脱离身体，是无规律、不可控的。

盛夏的一天，他从外面回到家，马上脱光衣服进浴室冲凉。冲到一半，他感到心脏的部位隐隐作痛，随后有个拳头大小的东西从体内滑脱，"啪"的一声砸在瓷砖地上。这个紫红色的东西是一颗"心脏"。那一刻，他恍如坠入空无。"我死了吗?"这个念头猛然跃出，"没有，我还活着，还活着……"他大口喘着气。

　　到了深秋时节，他不时对照一本《人体图鉴》翻查笔记本上的记录，觉得"零部件"已经掉得差不多了。有一天，他在电梯上听到两个邻居在聊天，其中一个说起，在附近一处废弃的工地出现了"怪物"。他心中一惊。

　　他上网搜索，真的有人在议论这件事，还有几张相关的图片。图中的那个地方，正是他丢弃"零部件"的工地。但人们未能拍到怪物的清晰影像，只拍下几个模糊的影子。他想，可能是他的身体所产生的各式"零部件"自行组合成了某种怪物，然后它从废井里爬了出来……

　　还好，这类消息能引发一时热议，却不会被认真对待。没有人会从这个怪物联想到他。过了一段时间，怪物销声匿迹，人们也忘却了这件异事。他的生活复归平静，身体也重获了"重量感"。

有一天，他独自走在街上，在阴沉的天空下，看着凋蔽的街景，心里空落落的。忽然，他感到右手脱落了，一样东西掉在地上。

# 夜之围栏

我住在这座小楼的一层，从卧室窗口便可看到S大学的围栏。经过一番观察，我发现围栏上有一处缺口，似乎够一个人钻过去。此时，夜空如一层幽蓝的薄膜，即将被黑暗胀破，窗外静无声息。我推开窗扇，纵身跳到小楼与围栏间的夹道上。夹道的两端被砖墙堵死，所以我像是落入了一个狭长的牢笼。

面前的金属围栏，栏杆极细，刷着白漆。那缺口也许是为清洁工专门留出的，我这么想着。可当我站到缺口前，又怀疑自己能否钻得过去。实际上，它倒像是因计算失误而出现的一个稍大的空当。

我低下头，探过身去。头过去了，身子也随之穿过，与此同时有一丝异样的感觉——自己被从中间划开了，没有痛感，身体像奶油做的被轻轻分为两半，只有一点阻力，切面光滑无损——当这感觉消失，我已站在围栏另一边，回身看去，有个人还站在围栏外。这人转身向我卧室敞开的窗户走去。

我追过去，再一次穿越围栏。又是同样的感觉：身体被栏杆划开了，像奶油一样。这一次，我被留在校园内，却见另一个人影追了上去，而前面那个人影已经扒住我房间的窗沿向上爬了。

我不敢看下去，也不敢再次尝试穿过围栏，便将那两个人影抛在脑后，走入了夜幕下的校园。眼前是一片排列整齐的树木，树与树紧挨着，一排排向前铺展。月光下，树木呈浅灰色，树干上遍布银白的斑纹。我侧身穿过树木间的空隙，非常小心，唯恐再被分割。

树林连接着停车场，水泥地面上画着一个个白色长方形格子。停车场很大，但现在只有一辆黑色轿车停在那里，烟缕从开着的车窗飘出。

停车场界外是一条笔直的双车道柏油路，车道对面矗立着一排大理石雕像，那是神话角色的塑像,它们目视远方,神情凝重,无声地代表着智慧、美德、爱欲、命运、勇气、灵感、记忆、复仇、死亡……我向左右两边看去,雕像的行列绵长,远端已没入暝色。

走过柏油路,从两座雕像间穿出,我见到一些大学生模样的人,他们正分散在不同雕塑背后窃窃低语着。

没人注意我,似乎有一层极薄的帷幔将我与他们隔开。我绕回雕塑正面,悄悄靠近交谈者,侧耳偷听他们在说些什么。

"听说校长的门牙要是不磨的话,会一直长、一直长,就像老鼠一样。"

"你知道吗,我们的解剖课老师是个神经病,他白天讲完课,夜里还会回到同一间教室,不开灯,就在一片漆黑中对着空气把白天讲过的内容重讲一遍。"

"生物实验室有一条黄金蟒,它认为自己是一只被斩断的圆环,它感到身上有道永恒的创伤。"

这也许只是一群梦游者,他们说的全是梦话。

在其身后是长长一排五层高的灰色楼房,不知是教学楼还是宿舍楼。每个门洞都黑黢黢的,没有一扇窗后射出灯光。

楼与楼之间有窄窄的夹道,从夹道口透出橙黄色亮光。我侧身挤进其中一条夹道,艰难地挪着步子,好不容易来到楼后一片灯火通明的地带。

这是一条笔直的步行大道,异常宽阔,整条路近乎一座长条形的广场,脚下的石砖也是广场上铺的那种巨大的方砖。道路两侧,每隔五米便有一根细高的路灯,此刻,一只只硕大的灯泡正发出耀目的黄光。其中一根路灯下,一对年轻男女正静静地拥吻。

这条步行道对面,是另一排楼房的背面,这些楼房同样是五层高。这让我想到,穿过这排楼房,会看到另一排大理石雕像,雕像后是一条双车道柏油路,再向前是一座停车场,然后是树林,树林外是刷成白色的金属围栏,紧贴围栏,有一排校外的居民楼。想到这里,我打消了穿过面前这排楼房的念头。我揣测,大道两端应该是 S 大学的两个大门,于是我任选了一个方向，迎着夜晚的柔风朝前走去。还没迈出几步，我就被一个身穿黑色制服的瘦高男子拦住了。

"不能再往前走了，先生。"他很有礼貌，嗓音略微沙哑。

"为什么？"

"前面的路通向动物园，今天下午，一头狮子越过了围栏，有人看见它走到这里又掉头往回走，之后就消失了。"

说完他指了指身边的路灯。灯柱上真的贴了告示，那是一头雄狮的头像，头像下写着"当心猛兽"。从这根路灯开始，往前的所有灯柱上都贴着同样的告示。

"它可能伪装成了一座雕像。"我说，随即掉转了行进的方向。

我走了许久，一度怀疑这条路是无限延伸的，两边被灯光照亮的楼房则仿佛两列有着无数节车厢的火车。

"小时候，我家就在 S 大学附近，我常和父母在傍晚时分到校园内漫步,那时路人还可以随意进出。我父母常跟我说,要好好学习,长大后就能考入 S 大学,在这儿上学多好,这里有着古典的氛围,那么宁静,离家还近……但是后来我们就搬家了,搬到了远郊区。我学习极差,报考 S 大学对我来说是不敢再想的事。父母大概对我很失望,每当我提起 S 大学,他们都会陷入长时间的沉默,准确讲,是一小时的沉默。如今,我在市区一家照相馆打工,为上班方便,租了附近的房子,这才有了今夜的漫游。"

以上这一段,像是我的回忆,以及我对自己身在此地的说明,但它又仿佛是幻想,幻想漫过了记忆的围栏。记忆中的那座校园,与此时我所探访的地方迥然不同。我可能从没在这附近住过,没有和父母来过这里,父母也从未对我感到失望。这样的疑惑令我不安。我在头脑中捕捉着词句,想说点什么,却捕捉不到,即便可以说出什么,又对谁说呢?

我看到了路的尽头,没有大门,只有两排黑衣警卫,面朝校外站立,如雕塑般纹丝不动,他们以笔直挺立的身体将路截断。我从他们中间走过，无人理睬我。

　　大约四十分钟后，我轻轻推开住处的门，心怀忐忑地走进去。卧室的门敞开着，一个人背对我站在窗前，像是已经在那里站了很久。我隐约能看到他正望着的景象，那是窗外的白色围栏，沐浴在月光下，坚固、规则。

　　我慢慢靠近他，占据了他的位置，轻而易举，我们的视野自然地融合在一起。

# 沃野

那天我们来到"沃野"。父亲、我，还有我的哥哥睫，我们背着行李，顺一根绑在树杈上的绳索从陆地滑降到这里。

如果将陆地比作最上一层台阶，那么沃野则是往下的一层台阶，再下去一层便是海。从沃野回望陆地，只能看到高耸的峭壁。

父亲说，住在沃野是危险的，每隔一段不确定的时间，海便回涌将沃野吞没。但我们还是冒险在沃野上的一栋石头建筑内安顿下来。

这是一座两层的别墅，它曾被海水淹没，遭受冲击、腐蚀，门窗已不知去向，只留下长方形的洞。别墅外，一圈矮墙围出宽敞的庭院，中心有座石雕喷泉，正喷出闪耀白光的水柱。

父亲走过去，双手捧起水喝了一口，对我们说：

"要是泉水变咸,就说明海水快要回涌了,那时我们得赶紧走。"这话令我深感不安,从那之后,一想起这事我便忍不住跑到喷泉边尝上一口。

在喷泉四周散落着大大小小的白色石块,从它们的形态即可看出,此处曾立有一尊男人石像和一尊女人石像。

房间、走廊的地上积着厚厚的沙子,一楼的沙子略为潮湿,所以我们住在二楼。居中的房间最大,有一张石床,父亲把它留给自己,其他房间由睫和我任选。那天晚上,父亲睡在石床上,我和睫睡在松软、干燥的沙地上。

第二天,阳光很好,我们出发去收集生活物资。

沃野广阔、平坦,土壤黢黑,富有弹性。我们脚步轻快,一路捡拾枯干的海草,用来生火。从那些尚未干涸的水洼,可以捉到奇形怪状的鱼。这些东西被一股脑丢进父亲背的大筐里。

我们路过一座别墅,其庭院中有两座完整的雕塑,形象为一只鸟和一只手。

"晚上可以住在这儿。"睫说。

"不行，这里已经有人住了。"父亲说。

"连个人影也没看到。"

"我看见了，咱们离这儿还挺远的时候，有个人探出头来张望。"

"是男的还是女的？"

"女的，一个漂亮女孩。"

"真的？"

"骗你呢，我根本看不清。来这地方的都是流浪汉，好女孩是不会光临的。"

睫和我是双胞胎，从外表看，简直互为镜像。我们究竟谁先出生，父亲也搞不清楚，但是睫的心智比我成熟，像是哥哥，于是父亲就决定让他当哥哥，我当弟弟。睫和父亲交谈时，就像朋友，而我却被他们看成小孩。他们很少跟我讲话，作为报复，我也从不主动和他们说什么。

天黑之前，我们赶回自己的住处。父亲在庭院中生火，将几条鱼烤熟，我们终于吃上一顿饱饭。

只要还有食物，我们便在房间内休息。父亲总坐在石床上，一动不动望着窗洞外。睫在庭院中拣选碎石,拿出工具雕刻,这是他唯一的爱好。几天时间,他雕出一堆手与鸟的微型石像。大部分时间我都静静躺着,偶尔将耳朵贴在石墙上,感受海水遗留的寒气,仿佛还能听见浪潮涌动的声音。

后来我们又出发了,这一次走得很远。那天我第一次见到人鱼。我们在广阔的沃野上走着,发现有个赤裸的人侧卧在前方,四周遍布洁白的鱼骨与贝壳。再靠近一点,父亲就说,那是人鱼。我们收住脚步。父亲让睫去看个究竟,他马上迂回着跑过去。

睫从后面靠近人鱼,人鱼一动不动。他逐渐大胆,转过去面对她,接着竟俯身贴近。

过了一会儿,睫跑回来,显得异常兴奋。

"她对你说了什么?"父亲问。

"她说,'请别吃我。'"

睫咧嘴笑,露出尖尖的白牙,父亲也笑了。我没笑,只感到一丝恐怖。

"她活不久了。"父亲说。

"谁也帮不了她。"睫说。

这时，父亲把肩上的筐卸下来，交给睫，他让我俩先回住处，他要再往前走一程。

"是要去看海吗？我也想去。"睫盯着父亲。

"这次不行。"父亲说。

我俩看着父亲头也不回地走远了，背影缩成一个黑点，之后我们往回走。那只被海草和鱼塞满的大筐转到了我肩上。

"你觉得父亲是个怎样的人？"睫说。

"一个老流浪汉。"我说。

"没那么简单，我能感觉到他出身高贵，曾经很有地位。"无论我说什么，睫的第一反应都是否定我的话。我不再言语。

"你对我们的来历不好奇吗？"睫站住了。

"我只对未来好奇。"我答道。

"那你想过咱们的母亲是谁吗？"

"没想过。"

"你就是个傻子。"

那天父亲很晚才回来，面容憔悴，什么也没吃就去睡了。夜里，我悄悄起身到睫的房间看了一眼，果然空无一人。他可能去那座别墅了，那里真的住着人吗？也有可能，他又去看那垂死的人鱼了，他也许已经被她迷住，或是想杀死她。还有可能，他一路向前一直跑到沃野尽头，看到了黑暗中的海。

我站在窗口向外张望，起雾了，浓重的雾，睫再不回来没准儿会迷路。凌晨时分，一个人影出现在雾中，缓缓靠近，走入庭院，那是睫，隔着雾障也能看到他那明澈的双目。我赶忙回到自己房间，躺倒在沙上。

自那天起，雾从未散去。我们缩在别墅内，不再外出。四周的石墙变得又湿又冷。父亲每日坐在石床上，凝视窗洞外的雾海。睫着手雕刻人鱼的微型石像，每雕好一个便摆在窗台上。我无所事事，不时下楼尝一口喷泉的水。

后来我发起了低烧，蜷缩在房间角落胡思乱想。我渐渐被恐惧抓住，起初，我以为那是对海的恐惧，但很快明白了，自己是在怕死。死亡距我很远，却能感到它正从某个黑洞洞的窗口望过来。我仿佛一脚踩空，心中穿过一阵冷战。

正在此时，睫走进我的房间，平静地说："海潮要来了。"

"水变咸了？"我猛地坐起身。

"你怎么了，看上去很虚弱。"睫打量着我。

"我很好。"

"我不用尝泉水也知道。"

我没再跟他多说什么，走下楼，尝了水，真的变咸了。我马上跑到父亲的房间，只见他仍旧坐在石床上，目光投向雾中的沃野。

"水变咸了！"我差点喊起来。

"咱们今晚离开。"父亲说，身子动也没动。

我退出来，想把父亲的话告诉睫，但找遍各个房间也不见他的影子。庭院中飘着雾，石雕喷泉在喷水，那水的滋味已变得苦涩。

接下来的时间，我一直在盘算如何攀登那面通往陆地的峭壁。

天色转暗，我嗅到海的气息，不由坐立难安。终于，父亲发话了："我们准备出发。"睫不知是何时回来的，在昏黄的光线下，他的面孔毫无血色。我们收拾起房间中的几件什物，便走下楼梯，走出别墅。父亲背着那只筐，现在它是空的。

来到庭院中，回头再看，才觉得别墅的门洞仿佛一个大窟窿。睫突然说："我落了东西。"匆匆返回别墅。我恍惚听到海潮的声音与睫登上楼梯的脚步声重叠在一起。父亲与我站在那里等他，我想睫大概是忘记带他的小雕像了。

我们等了许久，睫仍未折返。我意识到事情并没那么简单，扭头去看父亲。

父亲望着黑黢黢的门洞，摇摇头，说了句，"他不会回来了。"便转身朝着陆地的方向大踏步走去。我感到诧异，可只能紧跟在父亲身后。我不时回头看睫有没有追上来，却再未见到他的身影。雾气在夜色中浮游，几乎遮没父亲的背影，隐约还有一个浅灰的轮廓。最后，我们在峭壁前停下来。

"从这个洞口可以通到上面。"父亲抬手指向前方。透过雾霭，我看到岩壁上有一个巨大的山洞。

"来吧，跟上我。"父亲走入洞口，眨眼之间便为黑暗所吞没。

# 想象海

"过久凝视面前的空无,会忘记自己身后同样一片空无。"亚雨培离开地球的前夜,一位朋友冷不丁说了这么一句。他想,此话若反过来讲,倒像是对自己的忠告:急于逃避身后的空无,会忘了前方也是一片空无。

"想象海"是亚雨培所要前往的星球,之所以叫这个名字,是因为那上面的海洋无法被观看,当人们靠近海洋到一定程度时,双目便会失明,各式摄像仪器也会失灵,后退则自然恢复如常。人们无从获得海的视觉形象,只能不断想象它的样子,有时想象会发展为难以抑制的各式狂想。第一代地球移民着迷于此种现象,便将这个星球命名为"想象海"。

亚雨培本以为一走下飞船便能体验传说中的失明,但现实远非如此,他们这批移民被分配到了远离海岸的区域。每个家庭都得到一处相对独立的"农庄"。农庄以一座高大的球形建筑为中心,每一球形建筑分为三层,中间一层是车站,四面皆有轨道伸向远方,物资经由轨道传送,人们也可搭乘列车去往各处。这些轨道悬于半空,所以亦可视之为"桥"。农庄之间由轨道桥连接,由于地广人稀,最近的两个农庄之间也有约一千公里的距离。在轨道两侧设有步行道,仅供紧急情况下使用。

球形建筑的顶层和底层,由居住者自行支配。走出底层的大门,便可步入农庄广阔的土地。这里遍布一种形似松树的植物,通体乌黑,人们称其为"黑松",它们也是农庄唯一的作物,每年可结出大量果实。这些果实皆为近乎完美的球体,有着矿物的光泽,托在手上沉甸甸的,一天仅需吃上一枚便可摄取充足的能量。未过多久,亚雨培便了解到,不用花费力气栽培黑松,全凭自然之力它们就会生长得极为茂盛,为在林中通行,还须不时对之加以砍伐。黑松果的味道不尽相同,对此人们划分了等级,农庄主的目标之一即发现或培育出更高等级的果实。

农活并不繁重,采集的果实经筛选,被装箱运至位于中间层的车站。无人驾驶的运输列车定期来访,收走果实并带来农庄主的生活物资。

大多数移民同亚雨培一样从事种植业,此外相当一部分人当了矿工,还有就是管理者、科技团队、服务人员和军警。

在这个星球,生存极为容易。有一种说法,想象海是地球方面为了"贮藏"人类火种而建立的仓库,让人类生命在更为优渥的环境中长久延续才是策划者的真实意图。

亚雨培孤身一人,独占一座农庄,最近的邻居距他也有一千四百公里。他将顶层作为居室,在这个空旷的大房间中,他在靠窗的角落摆置了一张折叠床,夜幕降临后便睡在那里。但不能说他是绝对孤独的,在移民中转站,当局为他配备了一个声音机器人。据权威解释,声音机器人的形体是声波,它可以传递信息,也能回答主人提出的诸多问题,甚至能跟人闲聊几句。但是也有另一种说法:想象海的移民总部在每个人的脑内植入了某种微型装置,声音其实是由此装置传出的,与它的对话内容也将回传给移民总部。

"您好,我叫乌切罗,请多指教。"亚雨培这位看不见的助手是个低沉的中年男声,他的话让人听来真诚可信。

出乎意料的是,亚雨培刚在自己的农庄安顿下来,乌切罗就在他耳畔宣布了一个惊人的消息:地球遭到了不明来历的外星势力攻击,形势危急,想象海的所有青壮年男性都要做好返回地球参战的准备。

果然,没过多久,风风火火的移民总部军警便登门拜访,他们告知亚雨培,支援地球的远征军第一梯队已经起航,他被编入第二梯队,须随时待命。

亚雨培开始了惶惶不安的日子,他在黑松林中越走越深,最后在一个极为隐蔽的空地建起一座小屋。他还得劳作,采摘、运送黑松果,以换取生活物资。但一经得到物资,他就会将之运回小屋,隐匿一段时日。他很清楚,自己根本躲不掉,这种躲藏不过是心理上的逃避——雾霭笼罩下的黑松林寂然无声，能令他产生脱离人世困扰的幻觉和安全感。

然而事态发生了转机，乌切罗汇报了新消息：地球方面成功开发出了能够取代人类作战的克隆人，数量可观，已无须身处外星的移民回援。

起初，亚雨培不太敢相信危机就这样解除了，其内心是逐渐安定下来的，生活重心又转移至球形建筑物内，黑松林深处的小屋被废弃了。这时又传来地球方面的消息，他们正在推进多项基因重组实验以强化人体机能，同时克隆人不再被视为异类，成为了人类的一分子。为战胜外星入侵者，从前的种种顾虑皆被抛诸脑后。

慢慢地，地球的战事显得遥远乃至不真实了。亚雨培不断重复着同样的日子：起床，吃一枚黑松果，下到中间层，站在轨道边的步行道上看一会儿农庄的作物——那望不到边际的黑松林——之后背上一只大筐，带上水壶步入林中，采摘、收集果实，再一趟趟将之背回球形建筑底层，而后进行筛选、装箱,再把装满果实的箱子搬上中间层,摆放整齐,这时天已黑下来,他会上到顶层,坐在折叠床上,喝下一整瓶用黑松果酿制的烈酒,然后躺倒,睡去。

亚雨培的时间感觉钝化了,一开始他会混淆一天与另一天,后来不再努力区分它们,乃至放弃回忆。唯有梦中才会出现某些值得记住的内容,但梦境的重复率也在增高,最终他只会反复做同一个梦:他来到地球上的一片海滩,海平线的方向落满红霞,风很大但一点也不冷。他朝海中走去,这时他看到许多人从海中冒出头,朝岸边游来。仔细看,他才发觉他们都是小孩。他想从海中抱起一个孩子,却怎么也抓不住,这时他就醒了。

为摆脱重复的生活与梦境带来的窒息感,亚雨培决定去旅行,目的地是那片无法观看的海洋。他请乌切罗为自己预约一趟列车,之后就坐在中间层的轨道边等候。很快,自动客运列车到站了。车厢里没有其他乘客。窗外的风景近乎一成不变:一片片黑松林、交叉伸展的轨道桥,每隔一段时间还可远远看见一座孤零零的球形建筑。抵达中转站,他按照乌切罗的指引,换乘另一趟列车,依旧没有其他乘客,他甚至怀疑这座星球就只剩下他一个人了。

列车在距海岸还有相当一段路的车站停下。这个车站,一座巨大的球形建筑,同时是海洋博物馆,顶层大厅中陈列着科考潜艇捕捞上来的海洋生物,皆非活体,而是陈旧的标本,看来是很早以前就放置在此的。实际上仅有两件藏品,其体积均与地球上的蓝鲸相当。乌切罗应付差事般介绍起来:

"这边的这个被称为'美人鱼',它的外形是一条鱼,而它的内脏,从张开的大嘴往里看就能看到,很像一个美人的头颅,正面是脸,非常迷人。"亚雨培向这条狰狞怪鱼的血盆大口中望去,的确可见一张美轮美奂的人类脸孔。

"在美人鱼的对面,这个黑色球体就是著名的'膨胀体'。从理论上说,在这片海洋中再也找不到另一个膨胀体,但是严格来说,我们面前的这一个并不是唯一的膨胀体。之所以这么讲,是因为它的后代就在其体内,而且不可胜数,它们一个包着另一个，或者说，一代包着另一代，在存活状态下，它们都会膨胀，假如某一代膨胀体的膨胀速度慢于自身包裹的后代，就会被胀破。而当最小的膨胀体生长到一定程度，其内部便自然产生下一代。在这个球体内曾发生过一场激烈的膨胀竞赛。请注意，最外层的大母体并不知道自己是'最外层'，盲目的意志驱迫它不断膨胀，甚至试图胀破整个宇宙。也有人说，这或许正是一种天然的、微缩的宇宙模型。"

经乌切罗解说，亚雨培对眼前这个大黑球心生敬畏，但稍作停顿后，乌切罗补充道："这两件标本的真伪一直存在争议。近来，学界普遍认为，它们是早期科考人员虚构的生物，有人还制作了足以乱真的标本，其目的不明，很可能只是单纯的恶作剧。谢谢。"

从刚一看到这两件标本，亚雨培就隐隐感到虚假，乌切罗最后的说明不但未令他失望，反而使他安心。无论这两种生物多么奇异，将它们呈现于此还是会破坏那片海洋的神秘感。

海洋博物馆的中间层外，一条漆黑的步行道通向海岸，道口立有一块警示牌，白底上以赭红色绘出一堆细碎的枯骨，但是并无禁止前行的意思。这是一条波浪形的路，起伏不定。亚雨培先向上爬坡，到达顶点再顺坡而下，在高点向远处张望，仅可看到云遮雾罩下的一片混沌。在登上一个高坡顶点时，天猛然黑下来，片刻后他才意识到是自己失明了。他小心地继续向前走，空气变得异常潮湿，像是走入了一团浓稠的雾，依然有风吹来，带着强烈的海腥气。他的衣服湿透了，呼吸困难，步伐渐趋沉重，却仍在黑暗中朝前摸索。

接着是一段意识空白，而后他已坐在回程列车上。这时乌切罗传来地球的最新讯息：外星人已停止进攻，地球方面与之达成了和平协定，战争结束了。地球更名为"海蓝星"，正式加入一个庞大的星际关系体系，相应地，其附属星球想象海，被更名为"松黑星"。

"没想到地球发生了那么多重大事件，我们这边却什么也没改变。"亚雨培不由说道，此时车窗外正闪过连绵不绝的黑松林。

"我们这边的时间比地球那边慢，很早以前就有人论证过，但两边的研究者都未能估算出这一时间差异的大概比例。"

亚雨培回到农庄后，生活又进入从前的轨道。这次旅行的印象很快淡去。一个意外收获是，他不再做那个向海中走去的梦，享受到了无梦的睡眠。

这样不知又过了多久，在恒常死寂中，亚雨培隐约感到一丝紧张的气氛，似乎有什么事件将要发生。一天下午，他正筛选黑松果，乌切罗突然向他宣布了紧急通告："地球人已完成与外星生物的基因融合，他们将个体意识上传至多个被称为'中枢'的系统，同时建立了躯体可无限复制模式，现在一艘载有至少一个'中枢'的星际战舰正向想象海驶来，其速度难以计算。地球方面已终止与我方的一切信息分享。想象海的全体居民请火速前往移民总部，之后将分批转移至地下堡垒。我们已经向地球宣战。重复一遍，我们已经向地球宣战。"

"如今的地球人已经不再是'地球人'了。"亚雨培说。

"说得没错，他们将在想象海见到自己的远古祖先，也就是你们。他们可能会展开杀戮，并把你们的尸体制成标本。所以，请火速前往移民总部，我已经为你预订了列车。"乌切罗说。

但是，亚雨培并未依乌切罗说的去做，他已无力离开这座农庄，可能是烈酒喝得太多，也可能，在不知不觉中他已老朽不堪。他没有登上来接他的列车。那以后，乌切罗不再发声，像是凭空消失了。货运列车也停止了运输，没人继续收走黑松果、送来生活物资。还好，亚雨培仍有储备物资，黑松果自然够吃。

他返回黑松林深处那间曾遭废弃的小屋，将之翻建一新。

"地球人不会找到我的，他们本来也不在乎我的存在，我不过是个微不足道的农人。他们真会把我们制成标本？我看他们更有可能会剥夺每个人死亡的权利。说不定是移民总部在扯谎，一直都在扯谎。"失去了乌切罗，他只能自言自语，也变得多疑了。

亚雨培终止了劳作，每日躺在林中小屋内，门窗紧闭，在一片昏黑中，他感到虚弱已极。他又做梦了，梦见自己死了，尸体平躺在地板上，他想把它藏起来，于是背起尸体，艰难地走向黑松林深处，找到一块空地，扒开泥土把它埋了。这之后他回到小屋，继续浑浑噩噩的日子，地球人来了，但此前的宣战被撤销，警报解除，一切如故，他又去了那片看不见的海，但那地方已被黑松林填满，因为地球人不能忍受认知的缺失，不愿放掉任何一个空白，他忽然感到不安，开始在广大松海中寻觅那个埋葬自己尸体的地方，他又向黑松林深处走去，可无论如何也找不到那片空地，因此他无法确认某件事，但究竟要确认何事他想不清楚。

　　他醒了，摇晃着站起来，发现自己并非身处林中小屋，而是在一座球形建筑的顶层。他下到中间层，走上轨道桥边的步行道，像是换上了另一种生物的眼睛，他看到天空中白光闪耀，光焰刺穿了下方层叠密实的松针，仿若一阵火雨点燃了整片黑松林。

**图书在版编目(CIP)数据**

想象海 / 朱岳著. — 北京：北京联合出版公司，
2024.6(2025.7 重印)

ISBN 978 - 7 - 5596 - 7522 - 4

Ⅰ.①想… Ⅱ.①朱… Ⅲ.①短篇小说—小说集—中
国—当代 Ⅳ.①I247.7

中国国家版本馆 CIP 数据核字(2024)第 064249 号

**想象海**

作　　者：朱　岳
出 品 人：赵红仕
出版统筹：杨全强　杨芳州
责任编辑：李艳芬
特约编辑：玛　婴
封面设计：汐和 at compus studio

北京联合出版公司出版
(北京市西城区德外大街 83 号楼 9 层　100088)
北京联合天畅文化传播公司发行
北京启航东方印刷有限公司印刷　新华书店经销
字数 150 千字　889 毫米×1194 毫米　1/32　6.75 印张　插页 2
2024 年 6 月第 1 版　2025 年 7 月第 4 次印刷
ISBN 978 - 7 - 5596 - 7522 - 4
定价：38.00 元